KB233527

이현규 입니다.
출퇴근길에 씁니다.

Bud

출퇴근길에 씁니다.

시작하며

　언젠가는 제 이름으로 된 책 한 권 출간하고 싶다고 소망한 적이 있습니다. 등단 작가도 아니고 전문가도 아닌 제가 책을 낸다는 것은 쉬운 일이 아니었습니다. 그렇게 저에게 쉽지 않은 일인 줄 알고 지내던 지난해 저는 제 이름으로 된 한 권의 책을 낼 수 있었고, 이제 두 번째 책을 출간하게 되었습니다. 이번에도 책을 내려고 글을 쓴 것은 아니었고 매일 반복되는 출퇴근의 일상 속에서 마음을 돌보려면 무엇인가 필요했습니다. 그래서 저는 지하철 출퇴근길에 머릿속을 둥둥 떠다니는 생각들을 글로 써 내려가면서 살아갈수록 복잡해지는 마음을 들여다보고 보살폈습니다.

　책을 많이 읽거나 지식이 풍부한 사람들이 쓰는 단어나 문장력은 제게 없습니다. 구구절절 글을 길게 쓸 까닭도 없습니다. 제가 알고 있는 단어로 제가 쓰고 싶은 만큼 쓰고 나면 복잡한 생각들이 정리되고 마음이 한결 홀가분해졌습니다. 어쩌면 그렇게 하루하루를 버티었는지도 모릅니다. 이렇듯 저의 정신적 버팀목이 되어 준 글쓰기였지만 어느 장르에도 속하지 못하는 것 같아 시와 수필을 넘나든다는 의미에서 '시필(詩筆)'이라고 저 스스로 명명해 보았습니다. 시필은 마음 가는 대로 쓰고, 마음 가는 대로 읽으면 됩니다.

　여기에 소개하는 글들은 투박할 수 있지만, 오직 진심을 담았습니다. 진심만으로 세상을 살아가는 것이 쉽지 않다는 것을 알지만 그래도 삶의 궁극은 진심에 있다고 믿으며, 독자분들이 이 책에서 잠시라도 그것을 느낄 수 있다면 바랄 것이 없겠습니다.

　끝으로 진심을 알아봐 주시고 소소한 글을 한 권의 책으로 만들어 주신 지식공유출판사 김미영 대표님께 마음 깊이 감사드립니다.

차례

제3장 ; 마음

#사람이 우선이다

저는 목적에 의해 사람을 만나더라도 풋풋한 인간미가 있어야 쉽게 가까워질 수 있고 가까워져야 목적도 이룰 수 있는데 상대가 철저히 목적만을 추구하려고 할 때 힘이 듭니다. 물론 목적 달성이 되고 나면 더없이 좋아지겠지만 과정이 삭막하니 적응이 쉽지 않습니다.

한편, 인간미에 기반을 둔다는 것이 자칫 온정주의로 흘러서 일을 그르치거나 적당히 넘어갈 때도 많았던 것은 사실입니다. 그런데 그렇다고 해서 큰일이 일어나는 것은 아니었습니다. 그리고 대부분의 사람은 완벽하지 않으니까요. 대부분은 적당히 어울려 사니까요.

그러나 혹시 모릅니다. 그렇게 일보다 사람을 앞장세운 것들이 하나둘 쌓여서 제자리걸음 같은 하루하루를 보내고 있는지도. 그래도 저는 사람이 우선입니다.

#문제는 사람이다

사회생활에서 가장 큰 문제는 사람의 문제라고 보입니다. 서로 다른 성장 과정과 서로 다른 가치관을 가진 사람들이 조화를 이루기는 참으로 어려운 일입니다. '좋은 사람에게만 좋은 사람이면 돼.'라는 책 제목도 그런 피곤한 관계에서 생겨났겠지요.

하지만 세상은 좋은 사람에게만 좋은 사람으로 살아가기 어려운 구조입니다. 안 좋은 사람에게도 안 좋은 티를 내지 말아야 하는 게 실제 상황입니다.

어쨌든 저는 항상 제 진심을 다하고자 합니다. 단, 거기까지입니다.

'인사가 만사다.'라는 말은 주로 경영진이 근로자를 채용하거나 중요한 자리에 놓을 때 하는 말인데 근로자의 입장에서도 마찬가지입니다. 그러나 근로자는 경영진을 채용하거나 자리에 놓을 때 대부분 관여할 수가 없습니다. 유능하고 인품 있는 근로자를 만나는 것만큼 그런 리더를 만나는 것은 그야말로 축복입니다.

#알 수 없는 사람

예측가능한 사람은 오랫동안 믿음이 쌓
인 사람입니다.

그러나 오래 알고 지냈어도 알 수 없는
사람이 있습니다.

약속을 잘 지키지 않는 사람, 자기밖에
모르는 사람입니다.

약속을 잘 지키는 사람, 다른 사람도 생각할 줄 아는 사람은
오래 알고 지내지 않았어도 예측가능한 사람입니다. 신뢰할 수 있는
사람인 것입니다. 저는 오래 알고 지냈어도 알 수 없는 사람을 멀리
합니다. 그리고 저는 오래 알고 지내지 않았는데 약속을 잘 지키지
않는 사람, 자기 밖에 모르는 사람은 가장 멀리 합니다.

대체로 사람들은 듣기 좋은 말만 들으려
고 하고 듣기 싫은 말은 들으려고 하지
않습니다. 그리고 듣기 싫은 말은 설사
들었다고 하여도 인정하지 않는 경우가
대부분입니다.

그것은 자신감 혹은 자존심 등으로 포장
하지만 결론은 자기중심적이고 자기 자
신을 낮출 줄 모르는 오만에 지나지 않
습니다.

겸손할 줄 알아야 합니다. 다만 그것이
지나쳐서 위축되거나 비굴하여서는 아니
될 것일 뿐입니다.

사회생활을 하다 보면 겸손을 모르고 오만한 사람과 함께 하거
나 만나야 할 때가 있습니다. 그런 사람들 앞에서는 절대로 위축되거
나 비굴해져서는 안 됩니다. 그것은 그들을 더욱 오만하게 만들 테니
까요. 투명 인간처럼 대하면 됩니다. 그리고 나는 꿋꿋이 나의 길을
가는 것입니다.

#지금 우리에게는

지금 우리에게는

아쉬운 것이 있을 때는 친절하고,

아쉬운 것이 없을 때는 무시하는

사람 말고,

한결같은 사람이 필요합니다.

이 차가운 겨울에 말입니다.

유리할 때는 함께 하면서도 불리할 때는 돌아서는 사람이 있습니다. 진실한 관계는 이익을 계산하여 행동하지 않습니다.

#순수

조건이 필요 없는 순수한 관계가 있다면
부모님의 자식에 대한 사랑일 것입니다.

그 이외 대부분의 관계는 평소에는 잘
지내다가도 상대방이 다소 어려운 상황
에 처하게 되면 관계가 소원해지는 것을
느낄 수 있습니다.

저 또한 그렇게 될 때가 많았습니다.

아쉽지만 살아가면서 인간은 대체로 그렇게 될 수밖에 없다고
생각합니다. 그럼에도 불구하고 우리는 세상을 살아가면서 잊어버린
유년 시절의 순수함을 떠올리고, 내 안에 숨어버린 그때의 내 순수함
을 찾아내기 위해 노력하면서 살아가야 합니다.

#상호작용

모든 만물은 상호작용을 통해 교감합니다. 생명의 탄생은 물론 아주 작은 마음의 변화까지 상호작용이 아닌 것은 없습니다.

대문을 열고 나가자 뻥 뚫린 파란 하늘에 마음이 환해지는 것은 나와 자연과의 상호작용입니다. 아무 말 없는 자연과도 이리 상호작용하는데 말 많고 생각 많은 사람과의 상호작용은 말할 것도 없겠습니다.

인간에게서 자연과의 상호작용 같은 것을 기대하는 것은 어리석은 것일까요. 요즘 저는 자연을 대하듯 사람을 대하려고 노력하고 있습니다.

인간으로서 해야 할 도리를 지키는 정도에서, 과하지도 부족하지도 않은 거리를 유지하면서 살려고 합니다. 그런데 이 적정한 거리를 유지하기가 참으로 어렵습니다.

조금 신경을 덜 썼더니 이내 멀어져 버
리고 조금 신경을 쓰려니 복잡해집니다.
그러나 다시 마음을 다잡습니다.

인간관계에 있어 상호작용은 진리나 다
름없기 때문입니다. 여기서 상호작용은
원만한 관계를 위한 상호작용을 말하는
것입니다.

상호작용은 내 것을 내어주는 배려나 약
간의 양보 혹은 다소간의 희생이 있어야
만 가능합니다.

내 것을 지키려고 할 때 상호작용은 이
루어지기 어렵습니다.

상대방이 나를 위해 애써 줄 때 우리는 상대방에게 감동하고
상대방에게 마음을 활짝 엽니다. 그리고 상대방을 위해 나도 애쓸 때
상대방도 감동하고 마음을 더 활짝 엽니다. 일방적인 것은 없습니다.
영원할 수도 없습니다.

#마음 전하기

안 그래도 바쁜 연말연초에 조직개편까지 대대적으로 이루어지고 있어 눈 뜨면 출근, 퇴근하면 지쳐서 바로 잠이 드는 일상이 몇 개월째 지속되고 있습니다. 이런 업무에 나름 베테랑이라고 생각하는 저도 지쳐 가는데 후배들은 당연할 것입니다.

그렇게 혹시나 걱정하고 있었는데 다른 사람으로부터 힘들어하는 사람 얘기를 듣게 되었습니다. 지난 금요일 문자로 위로와 격려의 메시지를 보냈습니다. 주말 내내 답이 없습니다. 월요일 출근해도 인사를 하는 둥 마는 둥 합니다. '문제가 있는 게 맞구나.'

바로 점심 식사와 차 한 잔을 사 주며 말을 나누어 봤습니다. 힘들어하는 후배에게 저도 똑같이 겪었던 과정이고 지금도 너와 별반 다를 게 없다고 말했습니다. 그런데 크게 위로가 되는 것 같지 않아 보였습니다.

결국 한동안 묻어 두었던 저의 지난 과
오와 억울했던 사연들을 꺼내 들었습니
다. 그러자 후배의 마음이 조금 열리는
듯했습니다.

'이때다.' 저는 이 타이밍을 놓치지 않고
내가 너를 걱정하고 있고 너에게 위로와
응원을 보내고 있다고 '힘내라.'고 말해
주었습니다.

그때서야 후배의 얼굴이 좀 편안해진 것
같았습니다. 그나마 다행입니다.

⁙

　　나의 못남을 꺼내면 상대방의 마음을 열 수 있고 나의 잘남이
있다면 그것으로 상대방을 도울 수도 있습니다. 내 주변에도 언제든
함께하는 이런 사람 하나 있으면 좋겠습니다.

#도리

살다 보면 뜻하지 않게 누군가에게 실수
하거나 잘못할 때가 있습니다. 그러면 진
심으로 미안한 마음을 말하고 다음부터
는 그러지 않기 위해 노력해야 합니다.

살다 보면 누군가로부터 도움을 받거나
신세지게 될 때가 있습니다. 그러면 진심
으로 감사한 마음을 전하고 다음부터 나
도 도움이 되기 위해 애써야 합니다.

이것이 진정한 인간의 도리입니다. 미안
한 짓을 하고도 뻔뻔하기 짝이 없고, 고
마운 상황에서도 은혜를 알지 못한다면
그것은 짐승과 다를 바 없습니다.

⠇

　　잘못하고도 그것이 잘못인지조차, 은혜를 입고도 그것이 은혜인
지조차 모르는 사람들이 있습니다. 그것이 인간의 도리를 벗어나 상
대방에게 물질적일 뿐만 아니라 정신적 피해를 주게 될 때 법이 필
요하지 않았던 사람들은 법을 찾기도 합니다. 그러나 법을 찾게 되는
순간 돌아올 수 없는 강을 건너게 됩니다.

#마음을 나누려면

내가 다소 부족하고 내가 다소 어려운 처지라도 내 마음을 알아주고 내 편이 되어 주는 사람이 곁에 있다는 것은 그 어떤 물질보다 더 큰 힘이 된다는 것을 우리는 이미 잘 알고 있습니다.

그리고 마음을 나누기 힘들 때 사람들은 물질로 때우기도 합니다.

그러나 물질을 나누는 것은 경제적 여유만 있으면 가능하지만, 마음을 나누는 것은 아무나 할 수 없습니다.

마음을 나누려면 내 마음을 줘야하기 때문입니다.

⠶

마음을 주었는데 물질을 준 것만 못한 경우도 있습니다. 그럼 거기까지 일 뿐인 것입니다. 더 이상 마음을 나눌 필요 없습니다. 그냥 그 정도로만 지내면 됩니다.

#인간관계 1

진정한 인간관계는 변하지 않는 한결같
은 마음에 있습니다.

좋을 때나 어려울 때나 변함없이 함께하
는 마음,

시간과 공간을 공유하지 않아도 한결같
은 마음,

그것이야말로 진실한 인간관계입니다.

⠐

진실한 인간관계는 시간과 공간을 공유하지 않았다고 하여 변
하지 않습니다. 진실한 인간관계에서 시간과 공간은 아무런 조건이
되지 않기 때문입니다. 언제 어디에서 만나도 변함이 없을 뿐입니다.

#부적절

직장에서 모든 것을 일로만 연관시켜서 온전한 성과를 창출할 수 있을까 의문스럽습니다. 직장에서 관계를 빼고 순전히 일만 가지고 해보자는 것입니다.

복잡하게 얽히기 쉬운 관계라는 것들을 배제하면 업무에 성과가 상당히 있을 것처럼 보입니다.

그런데 우리는 로봇이 아니라 사람이기 때문에 이것은 머지않아 분명 심각한 부작용이나 한계에 부딪히리라 생각합니다.

그래서 부적절하다고 봅니다.

※

직장은 분명 목적이 있고 구성원들은 그 목적 달성을 위해 일해야 합니다. 그러나 어떠한 것도 사람을 떠나서 할 수 있는 것은 없습니다. 그래서 사람이 중요합니다. 관계가 중요합니다.

#고독

고독은 극복의 대상이 아닙니다.

그냥 그 자체를 받아들이면 됩니다.

어떻게 삶이 늘 타인과 함께일 수 있겠
습니까.

나에게는 나 자신이 평생 함께하는 것입
니다.

⁝

　　사람들은 타인과의 관계가 멀어지거나 두절 되는 것을 두려워
하거나 견디지 못하여, 관계를 유지 또는 확인하기 위해 조바심을 냅
니다. 그러나 그 끝에 결국 남아있는 것은 나 자신입니다. 이것은 지
극히 당연하기에 그냥 받아들이고 나 스스로 내 자신을 잘 돌보면
됩니다. 그뿐입니다.

#나눔

나누면 나눌수록 보람되고 행복해지는
마음이 되어야 하는데,

현실 속에서는 상대방이 그 마음을 몰라
주었을 때 보람되고 행복해지기보다 아
무것도 아니함만 못한 경우도 있습니다.

무슨 대가를 바라는 것은 아니지만,

나눠줄 때 그 마음을 소중히 여길 줄 아
는 사람에게만 나눠주고 싶은 것은 옹졸
한 생각일까요?

다른 사람의 진심 어린 마음을 계속해서 받을 때마다, 처음에
고마움을 느꼈던 것처럼 계속해서 고마움을 알아야 합니다. 그런데
많은 사람이 고마운 일이 반복되면 그 고마움을 망각하고 당연하게
받아들입니다. 그러면 안 됩니다. 한편, 소중한 것을 깨닫지 못하는
사람에게까지 너무 애쓸 필요는 없습니다.

#그런 사람

그런 사람 없을까요.

잔머리 굴리지 않고 큰 욕심도 없어서
아무 때나 만나도 눈빛만 봐도 마음이
편안한 사람.

아니,

잔머리를 굴려도 욕심을 내어도 솔직하
게 금방 털어놓고 마음을 내어놓는 사람.

그런 사람 없을까요?

그런 사람이고자 노력했습니다. 그런데 뜻하지 않게 잔머리 굴
리거나 욕심을 내었을 때 이내 솔직히 털어놓으면 구차한 사람으로
생각하기도 하더군요. 뭐 굳이 그렇게 솔직하게 말할 필요까지 있냐
고 말입니다. 그러나 정직한 것은 사람과 사람 사이를 잇는 처음이자
마지막 고리라고 생각합니다.

#입장 바꿔 생각하기

내 생각도 중요하지만 남이 나를 어떻게
생각하는가도 무시할 수 없는 일입니다.

내 스스로 매우 만족하는 생각과 행동들
이 세상의 통념이나 세상의 가치와 매우
다를 경우 대체로 그것은 '또라이'의 범
주에 들 가능성이 큽니다.

내 생각과 남이 나를 어떻게 생각하는가
를 모두 고려하면서 살아야 합니다.

⠅

　다른 사람들과 어울려 살아가는 데 있어서, 다른 사람을 너무
의식하고 눈치를 보는 것도 문제이지만 다른 사람을 전혀 의식하지
않고 제멋대로인 것은 더 큰 문제입니다.

불평을 늘어놓는 후배를 꾸짖는 대신에
이런저런 상황 때문에 그런 것이니 이해
하라고 타일렀습니다.

버릇없는 후배를 혼낼 수 있었지만 참았
습니다.

그것은 제가 인내함으로써 후배가 본인
의 이기적인 행동을 깨닫고 변하기를 바
랐기 때문입니다.

　　　참을 수밖에 없어서 참는 것이 아닙니다. 참아야 한다고 생각해
서 참는 것입니다. 참는 것은 인간이 할 수 있는 가장 높은 경지의
도(道)가 아닐까 합니다. 참는 것은 쉽지 않지만, 그 결과는 대부분
잘했다고 생각하게 됩니다.

#퇴근길 지하철역에서

봄이 되자 지하철역에서 칫솔과 면봉,
껌 몇 개를 쌓아놓고 파는 할머니가 다
시 나타나 마지막 열차만 남은 시각까지
자리를 떠나실 줄 모르고.

겨울 동안 텅 비었던 지하철 간이매점에
는 새로 가게를 연 아주머니가 우두커니
앉아있을 수만은 없었는지 자정이 가까
워져 오는 시각, 드문드문 오가는 사람
들 향해 이어폰이 새로 나왔다고 목소리
를 높이시는데,

오고 가는 사람들은 아랑곳하지 않고 오
고 가기만 할 따름입니다.

⠇

　　세상은 사람과 사람으로 이어져 있고 그 속에서 움직이지만, 대
부분의 일상은 서로 특별한 상관이 없습니다. 그 가운데에서 삶을 지
탱하는 일은 살아갈수록 쉽지 않은 일입니다. 그래도 모두가 함께 행
복한 세상이었으면 좋겠습니다.

#작은 친절

지하철 출구를 나오자, 60대 정도로 되어
보이는 아주머니 한 분이 갈팡질팡하시
더니 제 앞으로 다가와 어딘가를 가야
한다며 길을 물으셨습니다.

저는 제가 알고 있는 모든 방법을 동원
해서 그분이 찾으시는 곳을 찾아서 그
근처까지 함께 가면서 길을 안내해 드리
고 출근했습니다.

⁂

　모르는 사람에게 작은 친절을 베풀었는데 크게 감동합니다. 모
르는 사람이기 때문에 그럴 것입니다. 우리는 서로 몰랐을 때 대부분
서로 조심하고 대체로 예의를 잘 지킵니다. 그런데 알고 나면 더욱
잘 알기에 더욱 서로를 배려할 수 있을 것 같은데 대부분 더욱 소홀
해집니다. 익숙함이 가져다준 방심 때문일 것입니다.

#당혹

계획했던 일들이 예정대로 진행되는 것
을 포기하고 마음을 비우면 될 것 같아
어느 순간 놓아버림을 택했으면서도 엉
뚱한 일이 벌어지지 않을까 불안해하고
있었습니다. 다른 관계 속, 특히 단절 속
에 일어나는 상황은 안개 속을 걷는 것
과 다름없습니다.

불길한 예감은 그리 오래가지 않고 현실
로 나타났습니다. 이걸 어떻게 수습해야
하나, 이것마저 마음을 비워야하나. 어제
밤 그 사실을 알고부터 엎치락뒤치락 보
내고 지하철 출근길, 관계 속에서 해야
할 일을 단절 속에서 추진하는 한 인간
때문에 매우 괴롭습니다.

⋮

당혹스러운 상황입니다. 마음을 비우고 기다려야 합니다. 저와
연결된 다른 관계를 위해서 그래야 할 것 같습니다. 어떻게 할 수 없
는 답답한 마음, 금할 길이 없습니다. 많이 괴롭지만 그냥 가만히 있
을 수밖에 없습니다. 섣불리 움직였다가는 일을 망칠 수도 있으니 지
켜보기로 합니다.

＃처세

다른 사람과 의견이 충돌할 때 상대방을
일단 인정하는 것은 상황이 악화되지 않
기 위해 필요하기도 합니다.

그러나 현실적으로 나와 충돌하는 상대
방을 인정하는 것이 쉽지 않습니다.

그래도 부정부터 하면 상대방도 반감부
터 생기겠지요.

그래서 일단 인정해주는 것은 그리 나쁘
지 않은 방법이라고 봅니다.

그런데, 그 이후의 일들은 그 사람의 됨
됨이에 따라 다릅니다.

아무리 생각해도 상대방 잘못이라고 생각되지만 상황을 악화시
키거나 자극하지 않고 해결의 실마리를 찾기 위해 한 걸음 물러서서
상대방을 일단 인정해 줍니다. 상대방도 이 깊은 뜻을 이해하고 협조
해 주었으면 좋겠습니다.

#안전구역

마음이 부정적이면 어디에도 안전구역은
없습니다. 솔직하게 말하지 않고 상대방
을 오해하고 대화의 창구를 일방적으로
닫아버리는 것은 인간관계의 기본 예의
가 아닙니다.

솔직해야 합니다. 그때그때 내 생각이나
마음을 바로 말해야지 쌓아놓고 있으면
오해가 되고 시간이 흐르면 폭발물처럼
언젠가 터집니다. 특히 상대방에 대한 부
정적인 감정들은 더욱 그렇습니다.

왜냐하면 상대방은 아무 문제가 없는 것
으로 생각하고 관계를 평상시처럼 이어
나가기 때문입니다.

인간관계에서 혼자 생각하고 혼자 추측하고 혼자 단정해 버리
는 일만큼 위험한 일은 없습니다. 상대방의 말을 들어 보아야 하고,
사실관계도 확인해 보아야 합니다. 왜냐하면 내 생각과 내 추측과 내
단정이 틀린 것일 수도 있기 때문입니다.

#약속

출근길에 약속을 지키지 않는 사람에 대
해 생각했습니다.

하루를 시작하는 아침 시간부터 약속을
지키지 않는 사람에 대해 걱정하는 것은
그것으로 인해 저 또한 다른 사람과의
약속을 지킬 수 없는 상황이 될 수도 있
기 때문입니다.

아무리 작고 사소한 약속이라도 지켜야
합니다. 그리고 약속을 지키기 어려울 때
는 먼저 양해를 구하는 것이 상대방에
대한 기본 예의입니다.

약속을 지키지 않는 사람 때문에 고민입니다. 이 약속이 지켜지
지 않으면 이 약속은 저에게서 끝나는 것이 아니라 이 약속과 연결
된 다른 사람과의 약속을 지킬 수 없게 되고 그렇게 되면 그 다른
사람에게 피해를 주게 되기 때문입니다. 이 세상은 혼자 사는 것이
아니라는 그 말은 정말 맞는 말입니다.

#보이지 않는 것

눈에 보이지 않는 것을 마음으로 보기는
참 어렵고, 자칫 위험을 감수해야 하는
상황이 초래될 수 있지만,

그래도 우리의 눈에 보이는 것만이 전부
가 아닙니다.

소중한 것은 언제나 눈에 보이지 않는
것이 대부분입니다.

　사람들과의 관계에서 우리는 보이지 않는 것 때문에 때로 얼마
나 힘들어하는지 모릅니다. 그렇다고 보이는 것만으로 판단해서는 절
대로 안 될 것입니다. 보이지 않는 것을 알게 될 때까지 상대방을 존
중하고 기다려 주어야 할 것입니다.

#있는 그대로 인정

상대를 있는 그대로 인정하기는 참으로
어려운 일이 아닐 수 없습니다.

그것이 상식과 양심을 넘어설 때, 그리고
선량한 주의를 다한 누군가에게 피해를
줄 때 그것은 더욱 그렇습니다.

그리고 상대방이 본인의 잘못을 되돌아
보지는 않으면서 있는 그대로를 인정해
달라고 요구할 때 그것은 정말 참기 어
려운 상황이 됩니다.

⁙

공정과 정의를 위한 부정(否定)의 눈을 뜨지 않고 방관한다면
세상은 어두운 터널의 연속이 될 수도 있습니다. 상식과 양심을 넘어
서 다른 사람에게 피해를 주면서도 미꾸라지처럼 빠져나가려는 불의
에는 엄정하게 대응하여 그 뿌리까지 완전히 제거해야 합니다.

주의사항

모든 것은 마음에 달려 있습니다.

그러나 그것은 사람들과의 관계 속에서는 수도자의 경지에 이르러야 실현되는 경우도 빈번합니다.

왜냐하면 대부분 사람은 그렇지 않은데, 어디에나 꼭 몰상식하거나 부도덕한 몇몇 사람들이 있기 때문입니다.

심지어 독실한 신앙을 가져서 성현들의 말씀을 배우고 따르는 사람들 중에도 말씀대로 행하지 않는 사람들이 있기 때문입니다.

그래도 대부분의 그렇지 않은 많은 사람들이 있어 세상은 돌아가기에 사람들 속에서 살아갈 수 있습니다.

그런데 그 몇몇은 어찌해야 할까요? 그들을 바뀌게 하거나 그들이 바뀔 수 있을까요? 그것은 쉽지 않은 일입니다.

사람 자체는 하나의 작은 역사라고 할
수 있기에 과거를 바꿀 수는 없습니다.
그것이 인성이라면 더욱 그렇습니다.

그래서 그들을 대할 때는 그들과 같은
부류의 인간이 되지 않도록 세심한 주의
가 필요합니다.

몰상식한 인간들을 상종하게 되었을 때 그들과 똑같이 행동하
면 똑같은 인간이 될 수 있습니다. '똑같은 인간'이 아닌 진정한 한
인간으로 살아가기 위해서는 그런 인간들을 대할 때는 그 수준에서
만 대해주고 내 인품이 훼손되지 않을 정도의 거리를 두는 것이 상
책입니다.

#정리할 관계

살면서 종종 느낀 것이지만 최근 사람들에게서 다시 느끼는 것을 적어본다.

나는 다른 사람들에게 도움을 주면 좋겠지만 그게 안 된다면 폐는 끼치지 않기 위해 스스로 많은 자제와 때로는 불필요한 눈치를 볼 때도 있다.

그러다보니 어느 정도 친분이 생기게 되면 상대방은 나를 어느 정도 양해가 되는 사람, 또는 '이 정도는 괜찮겠지.' 하고 얼렁뚱땅 넘어가도 되는 사람으로 대하는 경우도 있다.

그러다가 내가 상대방의 그런 태도나 사실을 알게 되거나 상대방이 약속을 지키지 않아 추궁하기 시작하면 변명이나 핑계로 둘러대려 한다.

그리고 급기야 화를 내고 구체적으로 잘잘못을 따져 물으면 그 때서야 잘못을 인정하고 사태를 수습하려고 한다.

나는 그들에게 묻고 싶다. 왜 좋게 지내려는 사람을 그냥 놔두지 않고 분노하게 만드는지, 왜 가만있으면 바보 취급하고 꼭 따지고 화를 내야 잘못을 인정하는지.

그러나 때는 늦었다. 나는 사전에 어떤 양해도 구하지 않고 나와의 신뢰를 깨뜨리고 변명이나 핑계로 일관하며 어떤 식으로든 상황을 마무리 지으려는데 급급한 자들과는 다시는 어떠한 일도 함께하지 않을 것이다. 지금의 어쩔 수 없는 관계가 빨리 정리되길 바랄 뿐.

최근 여러 사람에게서 연달아 이런 일을 겪으면서 급격히 멘탈이 손상되었습니다. 왜 온유한 사람을 평온에서 깨뜨리려 하고 험악한 상황까지 가야 잘못을 인정하는 인간들이 있는 것일까요? 결국 인성의 문제인데 인성은 쉽게 바뀌지 않기에 이런 부류의 인간들과는 가급적 빨리 관계를 정리하는 방법밖에 없습니다.

#홀로서기

우리는 주변 사람들과의 거리가 가까워
졌다가 멀어질 때 대체로 힘들어합니다.

그러나 결국 내 삶을 누구도 대신 할 수
없습니다. 혼자라는 것은 지극히 정상적
인 것일 뿐입니다.

그러니 노력해도 잘 안 되는 어떤 관계
에 대해서는 너무 연연하지 않아도 괜찮
습니다.

혼자 있을 때보다 사람들과 함께 있을 때 더욱 외로울 때가 있
습니다. 함께 있어도 외롭게 느껴지는 것은 내 잘못이 아닙니다. 그
들 속에서 소외되지 않으려고 발버둥 칠 필요 없습니다. 그 속에서
그냥 나오면 됩니다. 세상에는 나와 어울리는 사람들이 얼마든지 있
으니까요.

#타인에 대한 사랑

낯선 타인을 사랑하는 것은 쉽지 않은
일입니다.

특히, 낯선 타인이 자기 자신과 가족을
아끼고 사랑하기 위해 다른 사람과 다른
사람의 가족을 함부로 대할 때 우리는
당혹감을 감출 수 없습니다.

낯선 타인도 인간답게 행동할 때 낯선
타인을 사랑하는 일은 어렵지 않게 될
것입니다.

⠿

자신의 상황을 망각한 것인지 아니면 무슨 착각을 하는 건지,
한없이 무례한 사람과 함께 한다는 것은 끔찍한 일이 아닐 수 없습
니다. 그에게 휘말리지 않기 위해 마음을 가다듬어 봅니다.

‘단지 나와 다를 뿐이다.’ 저는 이 말에 대해 상당히 조심스럽게 생각합니다.

세상을 살아가는데 정답은 없지만, 양심과 도덕, 상식 등을 벗어나는 말과 글, 사상, 행동 등에 대해서는 단지 나와 다를 뿐이라고 할 수 없습니다.

특히 다른 사람들이나 세상에 피해를 준다면 그것은 잘못된 것이 맞습니다.

요즘 세상에 나는 단지 다를 뿐이라는 식으로 말하면서 사회에 폐를 끼치는 인간들도 많기 때문에 단지 다를 뿐이라고 말하는 것은 상당한 주의가 필요하다고 봅니다.

#타이밍

이것이 좋을까
저것이 좋을까

잠시
머뭇거리는 사이에
행운이 멀리 날아가
버렸습니다.

인생은,

'타이밍'입니다.

　어디서든 행운이 손짓할 때 망설이지 말고 일단 잡아야 합니다.
그 뒤에 생각해도 됩니다. 놓쳐 버리면 언제 다시 올지 알 수 없을
따름입니다.

#쓸모

지하철이 복잡합니다. 지금 막 탔는데 반대 문 쪽에는 공간이 넉넉한데 사람들이 꿈쩍도 안 합니다. 저는 그사이를 비집고 들어가 빈 곳에 자리 잡습니다. 비로소 출입문 쪽에 한 명의 공간이 더 생겼을 것입니다.

그리고 늘 그렇듯이 가방에서 책 한 권을 꺼내고 가방을 선반 위로 올려놓으려는데 선반이 없습니다. 신형 전동차입니다. 이런, 불편합니다. 저만 불편한 것은 아닌 듯합니다. 가방을 올려놓던 사람들이 가방을 들고 있으니 그 가방만큼 지하철 공간은 더욱 좁아지지 않았을까요.

⁝

　누군가는 쓸모 있다고 만들었을 것입니다. 그런데 누군가는 쓸모없다고 생각했는지 모릅니다. 그러나 누구에게 맡겨지느냐에 따라 그 쓸모는 달라집니다. 인간관계도, 삶도 그렇습니다.

#에티켓

북새통 지하철에서 당신이 거북이 등껍
질처럼 등에 메고 있는 백팩에서부터 당
신의 가슴 언저리쯤 고개 숙이고 열중하
고 있는 스마트폰까지의 거리만큼,

당신 주변의 많은 사람들이 불편해하고
있다.

아기를 안은 듯 백팩을 앞으로 돌려 메
고 잠깐잠깐 스마트폰을 주머니에서 꺼
내 보면서도 이따금씩 주변을 살피는 사
람들을 보라.

인간답지 않은가.

⁙

　　지하철이 복잡할 때 자기밖에 모르는 이기적인 사람들을 쉽게
알아차릴 수 있습니다. 주변 사람들이 불편하다는 것을 알고도 그러
면 정말 나쁜 사람이고, 몰라서 그러고 있다고 해도 비난을 면치 못
할 것입니다.

#출근길 풍경

개나리꽃 만발하였고, 나는 하얀 와이셔츠에 파란 넥타이, 핑크색 손수건. 이 정도면 자연과 적절히 소통하고 조화를 이루는 것 아닌가. 하지만 하늘엔 먹구름, 곧 비가 내릴 것이다. 그래도 꽃은 더 활짝 필 것이다.

녹색불에서도 우회전하는 차량이 지나가는 횡단보도를 건너 왼쪽통행하는 사람들 틈을 부딪치지 않게 걸어 내려와 두툼한 가방을 뒤로 멘 사람과 복잡한 지하철에서도 손을 뻗쳐 스마트폰 보는 사람 사이에 끼어 땀방울이 맺힌다. 그래도 봄은 왔다. 세상은 좀 못마땅해도 자연은 늘 마땅한 것이다.

❖

자기중심적인 것, 개성이 강한 것, 개인주의 등과 이기적인 것은 확연히 차이가 납니다. 이기적인 사람들이 타인을 배려하는 것까지는 바라지 않지만, 개인주의로 착각하거나 자신을 합리화하지 않기를 바랍니다.

#진실

대학 방송반 때 일입니다.

전통의 의미를 재조명하고자 취재차 광진구에 있는 전통악기 제작 명장을 찾아갔던 적이 있습니다.

그 명장이라는 분은 당시 대중매체에 전통을 이어오는 분으로 소개됐기에 어떤 특별한 것을 생각하고 찾아갔던 것 같습니다.

주거공간인 자택 옆에 창고 같은 곳에 작업장이 있었고, 그분과 전통에 관해 이야기를 나누고자 대화를 시작했는데 이내 제 예상은 완전히 어긋났습니다.

그분은 솔직하게 말씀하시겠다고 하면서 전통이나 그런 건 사실 잘 모르겠고, 배운 게 이것 밖에 없어서 먹고 살기 위해 지금까지 해 왔고 앞으로도 마찬가지라고 하셨습니다. 이것이 그분의 진심이었습니다.

저는 그분의 진심을 듣고서 우리의 전통
이란 것들이 얼마나 처절하게 혹은 간절
하게 이어져 왔는지 느낄 수 있었습니다.

그것은 삶 자체였던 것입니다.

전통이랍시고 아무리 좋은 말로 표현하
고, 그럴듯하게 보이게 한들 그 깊숙한
내면에 흐르는 진실, 혹은 진심을 알지
못한다면 그것이 어떤 가치가 있을까 생
각했습니다.

⠿

어떤 사실이 진실과 다르게 전달되어질 때가 있습니다. 그것은
전달하는 사람이 본인의 생각과 같은 것을 불어넣어서 그렇게 되는
경우가 대부분입니다. 그래서 진실을 알기 위해서는 사실을 직접 확
인해 봐야 합니다.

#나이

역시 나이는 숫자에 불과하군요.

나이가 많든 적든, 어떤 인성 또는 인격
을 가지느냐에 따라

아름다운 숫자가 될 수도 있고, 지저분한
숫자가 될 수도 있습니다.

나이가 많든 적든 말입니다.

나이를 말하기에 앞서 나의 인성 또는 인격을 먼저 잘 갖추어
야 할 것입니다. 인성이나 인격은 타고나는 것도 있지만 살아가면서
만들어지는 것이기도 합니다. 타고난 혹은 유년시절부터 형성된 인성
이나 인격을 하루아침에 바꿀 수는 없겠지만 바꿔야 한다면 노력해
야 합니다.

#착각

그러고 보니 저는 모든 면에서 뛰어날 수 없는데 제가 모든 것을 다해야 한다고 생각했습니다. 그래서 힘들지 않아야 할 것도 늘 힘들게 살아왔습니다.

특히 직장에서는 일복이 터졌다는 말을 많이 들었는데 그것은 일복이 터진 게 아니라 저 스스로 그렇게 만든 것이라는 생각이 듭니다.

이제는 내가 아니면 안 된다는 착각에서 벗어나서 나아가 주변 사람들에게도 맡기고자 합니다.

⠸

내가 아니라도 세상은 잘 돌아갑니다. 내가 아니면 안 된다는 생각은 착각일 뿐입니다. 그렇다고 나는 대충대충 하겠다는 것이 아닙니다. 나의 본분을 잘 파악하고 내가 해야 할 기본을 완벽히 챙기는 것만으로도 할 일은 넘칩니다. 착각은 금물입니다.

#정답 찾기

O

둥글게 둥글게 살겠지.
같은 자리 맴돌다가
결국 제자리로
돌아가겠지.

X

네 뜻대로 살아라.
또 다른 너를 만나
다른 곳으로 갈 수도 있어.
적어도 제자리로
돌아가진 않겠지.

　　　　　　　⁝

정답이 아닐 수도 있지만, 또 다른 나를 찾아서 오늘도 세상 속을 헤엄칩니다.

#구내식당에서

아침을 안 먹었다고 점심을 못 먹었다고
저녁을 세 끼만큼 먹을 순 없었다.

식사하기 위해 나타난 긴 터널 같은 지
루함이 싫어 영양사가 금고를 열기도 전
에 먼저 내민 식권.

동그란 원 속에 욱여넣어진 순대 속 잡
채를 보며 너희들도 숨이 차는지 자꾸만
세상 밖으로 몸을 내미는구나.

삐져나온 잡채처럼 사람들은 완벽한 사
람보다 그렇지 않은 사람을 좋아한다.

그러나 사람들은 완벽하지 못한 그가 저
지른 실수에 대해서는 조금도 용서하지
않고 떠벌리는 못된 버릇이 있다.

살아가면서 완벽하지 못해 겪어야 하는
아픔들은 어떻게 감당해야 하는가?

따라서 우리는 완벽하지 못하지만 완벽
해야 한다.

이것이 보이지 않는 세상의 끝과 같은
삶의 딜레마.

그래서 긴 인내의 시간, 그 뒤엔 언제나
달콤함이 기다린다고 하자.

생각에 사로잡힌 사이, 바닥을 드러낸 채
웃고 있는 빈 그릇. 습관적으로 일어나
식기를 들고 반납대로 향한다.

그때, 더 먹기 위해 빈 그릇을 들고 씩씩
하게 배식구로 향하는 한 남자. 나처럼
'습관적으로' 배식구로 향하는 걸까.

아침을 못 먹었다고 점심을 안 먹었다고
저녁을 세 끼만큼 먹을 순 없었다.

때로 우리는 과거에 그러하지 못했음을 현재에 실현하려고 시
도하기도 합니다. 그러나 지나간 것은 지나간 대로 두면 됩니다. 현
재에도 해야 할 일은 너무 많으니까요.

#들꽃

낮에 자전거를 타고 횡단보도 앞에서 신
호등을 기다리고 있었습니다.

햇살에 눈이 부셔서 땅을 바라보았는데
보도블록 경계석 끝에 피어있는 꽃과 우
연히 눈이 마주쳤습니다.

'화원의 꽃과는 사뭇 다른 이 느낌은 무
엇일까.'

아무데나 핀 꽃이 아닙니다.
나 자신만의 아름다운 꽃입니다.

'산다는 건, 내 자리를 지키며 스스로 당
당하게 살아가는 것.'

⠵

'어디에 있는지'가 내 삶이 아닙니다. '무엇을 하고 있는지'가
내 삶인 것입니다. 내가 아닌, 사람들이 알아주는 어딘가에 있기 위
해 정작 내 자신에게는 아무 것도 아닌 일을 하고 있었던 것은 아닌
지, 또는 하고 있는 것은 아닌지, 나에게 다시 되물어 봅니다.

#자전거 수리

멀쩡한 자전거 뒷바퀴가 잘 움직이지 않
아 며칠 동안 여러 차례의 테스트 결과
문제를 알아냈습니다.

아무 이상이 없는 것 같은데 이틀 정도
지나면 뒷바퀴 공기가 빠지는 것을 보니
일단 미세한 펑크로 추정합니다. 인터넷
검색까지 한 결과, 공기주입구 연결 부분
의 문제일 수 있다는 힌트를 얻었습니다.
퇴근하면서 작은 부품을 사서 예상보다
쉽게 고칠 수 있었습니다.

자전거를 움직일 수 없었던 원인은 생각
보다 아주 작은 곳의 아주 간단한 부품
의 고장 때문이었습니다.

⁝

비록 간단한 부품이었지만 그것이 고장 나 자전거 전체를 움직
일 수 없었습니다. 삶의 문제의 원인도 의외로 간단한 것에서 출발했
을 수 있습니다. 지금 나의 어깨를 짓누르는 삶의 무게의 원인은 어
쩌면 '마음'이라는 부품 하나를 바꾸면 간단히 해결될 수 있는 것일
수도 있습니다.

#얼굴

코로나 발생 이후 항상 마스크를 쓰다
보니 처음 만난 사람들을 눈만 바라보고
대화하게 됩니다.

그런데 묘한 것은 알고 지냈던 사람들은
눈만 바라보고 대화해도 그의 말이 대체
로 이해가 되는데 처음 만난 사람은 그
렇지 않다는 것입니다.

마스크를 벗고 상대방의 얼굴을 보면서
대화를 나눈 뒤에야 상대방의 말이 온전
히 이해됩니다. 그의 말과 함께 움직이는
눈동자와 입 모양, 더 나아가 얼굴 전체
에서 상대방의 말속에 담긴 진짜 의미가
무엇인지 알 수 있습니다.

눈빛 속에 모든 진심이 담겨 있다고 생각했습니다. 그런데 눈빛
이 전부가 아니었습니다. 사람의 진심은 눈빛 하나로는 알 수 없습니
다. 우리들의 얼굴에 담겨 있습니다. 평소에 좋은 생각, 좋은 마음가
짐과 좋은 말을 쓰도록 항상 노력해야겠습니다. 그것이 곧 내 얼굴이
되고 내 인격이 되고 내 인생이 될 테니까요.

#말

말은 말한 사람보다 전달한 사람에 의해 완전히 다른 말이 될 수 있습니다. 마치 똑같은 풍경을 보고도 사람마다 다른 그림을 그리듯, 마치 똑같은 노래를 불러도 사람에 따라 느낌이 다르듯 똑같은 말도 어떤 사람이 어떻게 전달하느냐에 따라 원래 말했던 사람의 말이 다르게 전달될 수 있습니다. 그렇다고 해서 말을 전달하는 사람이 꼭 잘못했다거나 그런 것을 말하려는 것이 아닙니다. 그건 아까 말한 그림처럼, 노래처럼 어쩔 수 없다고 봅니다. 그래서 전해 들은 말은 반드시 말한 사람에게 확인하는 것이 가장 좋습니다. 특히 인간관계나 이해관계 속에서 일어나는 일들은 말입니다.

수많은 오해는 말을 전해 들을 때 발생하는 경우가 대부분입니다. 다른 사람으로부터 말을 전해 들었을 때 그것으로 인해 오해가 생길 것 같으면 반드시 말한 사람에게 정확한 내용을 직접 확인해야 합니다.

#나에게 묻다

오늘도 어김없이
어둠은 드리우고

내일은 또 어김없이
태양이 뜰 텐데

이 수없는 반복을
그 수많은 시간 동안

나는 왜 내 것으로
만들지 못했을까.

후회하는 것이 아닙니다. 반성하는 것입니다. 지금부터 다시 만들어가면 됩니다.

#상념

결국 내리던 눈도 비가 되었다.
비는 언제부터 비였을까.

구름으로 살다가
온 세상 적시고
강으로 바다로
흔적도 없이 사라졌네.

네가 남기고 간 자리는
아직도 촉촉한데

왜 나는 그때
너와 함께 가지 못하고
여기에 남아
눈물이 되었나.

오랫동안 함께 있고 싶은 시간이 있습니다. 오랫동안 함께 있고 싶은 공간이 있습니다. 오랫동안 함께 있고 싶은 사람이 있습니다. 그렇지만 함께 있지 못하고 떠나보내야만 하는 시간도 어느 순간 찾아옵니다. 끝까지 함께라면 좋겠지만, 일찍 찾아오느냐 늦게 찾아오느냐의 차이가 있을 뿐입니다.

#부자에 관하여

왜 이것저것 많이 차지하고 있는 사람에게서 느낄 수 있는 인간미는 그다지 없을까요? 물질적으로 더 풍요로우면 마음에도 더 여유가 생기고 아등바등하지 않아도 되니까 더 많이 베풀고 세상을 바라보는 눈도 더 인자해질 것 같은데 말입니다.

언젠가 빌딩 부자를 만난 일이 다시 떠오릅니다. 그는 빌딩 옥탑방에 살았고 낡은 책상과 낡은 의자에 앉아서 통장을 만지작거리면서도 손님인 저에게는 물 한 잔 안 건네더군요. 그래서인지 모르지만, 저는 부자들에 대해 별로 좋은 생각은 안 듭니다.

⠶

그러나 저는 가능한 한 부자가 되려고 계속 노력할 것입니다. 왜냐하면, 저처럼 인간성 좋은 사람이 부자가 되어야 세상이 좀 더 좋아질 것 같으니까요.

#비밀

두 사람에게서 '비밀'을 들었습니다.

한 사람은 저를 믿는다고 하면서 저 혼
자에게만 말한다고 했고 다른 한 사람은
그간 말 못 했던 건데 그냥 저에게 말하
고 싶다고 했습니다.

한 사람의 비밀은 뭔가 상쾌하지 않았고
다른 한 사람의 비밀은 마음이 찡할 정
도로 진심이 느껴졌습니다.

한 사람의 비밀은 이것이 비밀이 맞나
고민이 되는데 다른 한 사람의 비밀은
무슨 일이 있어도 꼭 지켜주고 싶습니다.
어쨌든 비밀은 지켜줘야 합니다.

⁞

　백 명의 사람에게 비밀을 말해 주었다고 하더라도 그 비밀을
들은 백 명이 그 누구에게도 비밀을 말하지 않는다면 그것은 끝까지
비밀로 남는 것입니다. 비밀이 끝까지 갈 수 없는 것은 비밀이라며
여기저기 말한 사람의 잘못도 있지만 그것보다는 비밀을 들은 사람
이 비밀을 지키지 않고 말한 잘못이 더 클 수도 있습니다.

#열쇠

오늘을 살아가는
누구나 성공과
행복으로 가는
수많은 열쇠를
가지고 있습니다.

그러나 그것은
열쇠일 뿐입니다.

열쇠로 자물쇠를
열어야 합니다.

열지 않으면
열리지 않습니다.

계획했던 일들이 내 계획대로 되지 않을 때, 내가 가진 여러 가지 상황들을 악조건으로 치부하며 신세한탄으로 시간을 보낸 적이 있습니다. 그런데 그 많은 악조건은 누구나 가지고 있었던 수많은 열쇠 중 하나였습니다. 누군가는 그 열쇠를 가지고 또 다른 세상으로 들어가는 문을 열었다는 것을 왜 그때는 몰랐을까요?

#형식

선배가 말했다.

직장인 가방이 뭐 그리 크고 무겁냐고.
책가방은 학교 다닐 때나 들고 다니는
거라고. 이제는 지갑을 두툼하게 넣어 다
닐 때라고.

쇼윈도에 비친 삐뚤어진 내 어깨를 마주
한다. 여전히 낯설게 느껴지는 세상도 한
눈에 들어온다. '이 부질없는 소망을 욕
망처럼 여기고 벗어 던져야 하나.'

아직은 이 삐뚤어진 어깨와 무거운 책가
방을 형식적으로라도 유지하고 싶다.

'형식에 얽매이면 마음은 자연스럽게 변한다.'고 일본 기업가는
'아침 청소의 힘'이라는 책에서 그야말로 힘을 주어 말하고 있었습니
다. 그렇습니다. 다소 번거로울 수 있지만, 형식을 갖추면 마음이 바
뀌고 실천도 쉬워집니다. 그래서 저는 저의 목표를 이룰 때까지 당분
간 형식을 유지하기로 합니다.

#광고

지하철 입구에서 서 있기조차 힘들어 뵈는 할머니가 광고 전단을 나눠 주십니다. 별 유용한 정보가 아니란 걸 알지만 바지 주머니에서 손을 빼서라도 받아 봅니다. 할머니가 나눠주고 계시니까요.

학교 앞 전단은 볼펜이나 노트라도 끼워 줘야 학생들이 받아 갑니다. 회사 앞 전단은 할인 쿠폰 같은 게 있어도 직장인들이 받을까 말까 합니다. 그런데 불법 대출이나 유흥 광고 같은 전단은 오토바이에서 길바닥에 집어 던져도 홍보가 돼서 이용하는 사람들이 있으니 참 이상한 일이 아닐 수 없습니다.

⁑

수요에 비해 공급이 적으면 광고하지 않아도 알아서 찾아갑니다. 최고의 광고는 내실을 다지는 것입니다. 광고는 사람들의 입소문으로 퍼지니까요. 많은 노력에도 잘 안 되는 것이 있지만 힘들이지 않아도 쉽게 되는 것도 있습니다. 그러나 별다른 노력 없이 쉽게 되는 것들은 정도(正道)가 아닌 것이 대부분입니다.

#출근길 지하철

백발이 성성한 할머니가, 오른손에 지팡
이를 든 백발이 성성한 할아버지의 왼손
을 꼭 잡고서 지하철을 타십니다.

출입문 옆에 서 있는 모녀의 대화가 들
립니다. 딸이 오늘 회사 첫 출근하는 날
이고 엄마가 직장생활 유의사항을 이야
기하고 있는 것 같습니다. 신문 기사가
이렇게 맞을 때도 있습니다.

어쨌든 참 좋아 보입니다. 손을 꼭 잡은
할아버지와 할머니의 모습이, 첫 출근을
함께 하는 모녀의 모습이,

누가 뭐래도 참 좋아 보입니다.

가족끼리 서로 챙기는 모습은 당연한데도 유난히 좋아 보입니
다. 아이 회사까지 챙기는 부모를 흔히 비판하지만 직접 보니 좋아
보이기만 합니다.

#저항의 기억

중학교 때 일입니다.

평화롭던 시골 학교에 운동부 출신에 덩치 큰 전학생이 나타나 친구들을 때리고 괴롭히기 시작했습니다. 하루하루 쌓여갈수록 괴롭힘은 심해졌습니다. 저를 괴롭히지는 않았지만, 많은 친구가 고통스러워했고 그 녀석을 두려워했습니다. 저도 두렵기는 마찬가지였습니다.

그러나 제가 싸워 이길 상대가 아니었기에 저를 괴롭히지 않는 것에 안심하고 있었는데 어느 날 친구들이 그 녀석에게 두들겨 맞고 울고 있는 모습을 봤습니다. 도저히 참을 수가 없었습니다.

그 녀석의 보복이 두려웠지만 그 녀석을 제압할 큰 힘이 필요했고 저는 담임선생님을 찾아가 그 동안 일어났던 일들을 모두 다 털어놓고 해결할 방안을 찾아달라고 했습니다. 물론 신변의 안전도 부탁하면서.

그렇게 담임선생님이 개입되었고 예상과 달리 그 녀석은 그 뒤로 친구들을 괴롭히지 않았고 하나둘씩 친구를 친구로 대하기 시작했습니다.

그리고 저는 도시로 전학을 나오게 되었는데 거기에는 시내 불량배들과 연결된 녀석이 친구들을 괴롭히고 있었습니다.

이것은 어떻게 할 방법이 없겠다 싶어, 가능한 피해 다녔습니다. 그러던 중 결국 저와 제일 친한 친구를 괴롭히기 시작해서 큰 싸움이 벌어졌습니다.

교실에서의 난투극은 많은 친구의 중재로 끝났지만 제 친구는 피를 흘리고 있었습니다. 저는 시내 불량배들과 연결된 그 녀석의 보복이 두려워 아무것도 도와줄 수 없었습니다.

친구에게 어떤 도움도 주지 못한 게 너무 미안했고 어딘가에 숨고 싶을 정도로 부끄러웠습니다.

제가 할 수 있는 건 하교할 때 친구에게
있을 혹시 모를 보복에 대비해 같이 집
에 가는 것이었습니다. 두려움을 느끼면
서 말입니다.

그런데 제 친구의 강력한 저항 때문이었
는지, 그 녀석은 그 뒤로 제 친구를 괴롭
히지 않고 오히려 조심해서 대했습니다.

❖

불의와 폭력에 맞서려면 힘과 용기가 필요합니다. 용기는 있지
만 힘이 없거나 부족할 때는 정의로운 다른 힘을 빌리는 것도 방법
입니다. 그러나 어떤 피해를 감수해야 할 수 있지만, 무엇보다 내가
가진 힘과 용기로 해결한다면 가장 이상적일 것입니다.

#거울

나의 공간, 나와 연결된 사람들, 그뿐만
아니라 나의 시간들.

모두가 나의 거울이라고 생각하니 수수
께끼처럼 풀리지 않던 삶의 의문들이 조
금씩 풀립니다.

어쩌면 진짜 거울보다도 내가 존재하는
공간, 내가 머무는 시간, 내가 함께하는
사람이 내 모습의 보이지 않는 부분까지
도 비춰주고 있는지도 모릅니다.

나에게 일어나는 많은 일들은 나에게서 시작되어 나를 둘러싸
고 있는 것들에게서 반사작용으로 일어난 일일 가능성이 매우 크다
고 할 것입니다. 나와 관련된 일들은 대부분은 나에게서 비롯되었다
는 것입니다. 나를 둘러싼 시간과 환경, 다른 사람들을 탓하기에 앞
서 나의 말과 행동, 마음을 돌아봐야 합니다.

#희한한 세상

늦은 밤 퇴근길, 지하철에서 내려 집까지
걷고 있습니다.

횟집 앞을 지나칠 때쯤 그 앞에서 젊은
남녀 손님 두 사람이 담배를 뻐끔 피우
고, 바닥에 침을 뱉은 후, 재를 튕기고,
꽁초를 보도에 내동댕이칩니다.

그 옆에서는 횟집 직원이 빗자루를 들고
떨어진 낙엽과 내동댕이쳐진 담배꽁초들
을 아무렇지 않은 듯이 말없이 묵묵히
쓸고 있습니다.

아무리 생각해도,
지극히 희한한 세상입니다.

⁂

　　　요즘 길거리에서 종종 볼 수 있는 장면이기도 합니다. 저는 오
늘 알 만한 사람이 알면서도 함부로 버린 쓰레기 같은 것을 쓸다가
하루를 보낸 허무함으로 퇴근하는 중이었는데, 진짜 쓰레기 같은 광
경을 목격하였습니다.

#나무에게 묻다

나무야, 나무야. 너에게 묻고 싶다.

언제나 말이 없는 너는
수 없이 뻗은 가지들을 따라
다른 세계를 찾아갈 수도 있었을 텐데,

적당한 길이만큼만 팔을 뻗은 채
하늘을 향해 달려가는구나.

그런데 나무야,
네가 그토록 갈망하는 하늘까지
다다랐을 때,

그곳이 네가 바라던 세상이 아니라면,
너는 어떡할래?

⠿

　　사람 사는 것이 거기서 거기라고, 많은 사람들이 비슷한 삶을
살아가면서도 도토리 키 재기에 불과한 듯한 삶에 대해 성공이니 실
패니 말하면서 사람들 사이에는 많은 일들이 벌어집니다. 우리가 달
려가는 그곳이 어떤 곳인지, 정작 그것이 무엇인지는 잘 알지 못하면
서 우리는 끝이 없는 경주를 하고 있는지도 모릅니다.

#그것이 인생이니까요

일은 순조롭게 해결되지 않았습니다. 저마다의 상황이란 게 있을 테니 상대방의 의사를 존중합니다. '이것이다' 하고 살아가다가도 냉정한 현실 앞에 번번이 무너졌던 날들의 반복, 익숙해질 때도 되었지만 늘 새롭고 힘겹습니다.

'근본적인 문제를 해결하기 위해 나는 어떤 노력을 하였던가?'

누군가는 세상을 쫓지 못한 게으름 때문이라고 할지 모르지만, 나는 그렇게 살고 싶지 않았을 뿐이라고 말합니다. 당분간 피곤한 일상이 이어지겠지만 늘 그랬던 것처럼 또 살아가면 됩니다.

혹시나 하고 기대했던 일은 일어나지 않았습니다. 다른 사람의 마음이 내 마음과 같을 수는 없으니까요. 현실적인 문제는 언제나 고민을 가져다줍니다. 그래도 헤쳐 나가야지요. 그것이 인생이니까요.

#세차

오늘 잠시 시간을 내어 셀프 세차를 했
습니다.

지하 주차장이 없는 우리 아파트는 며칠
만 주차해 둬도 먼지와 새의 배설물 같
은 것으로 차가 엉망이 됩니다.

그동안 너무 바빠 대충 닦고만 다녔는데
더 이상 미룰 수 없어 세차한 것입니다.

세차를 다 하고 나니 참 깔끔합니다.

무슨 이유에서인지 자신감마저 듭니다.

외모에 대해 소홀히 생각한 적 있습니다. 그러나 외모는 내면
못지않게 나를 사랑하는 척도이고 나에 대한 예의임을 깨닫습니다.
단정한 외모는 자기 자신을 사랑하는 만큼 부지런한 사람만이 누릴
수 있는 특권입니다. 내면만큼 외모도 잘 가꾸어야겠습니다.

#여름과 가을 사이

시원하다 못해 차가운 밤공기와
아파트 불빛 반사된 밤하늘 사이로
반만 보여주는 것 같기도 하고
반만 감춘 것 같기도 한
반달이 반짝입니다.

높고 높은 파란 아침 하늘과
아직은 녹색 은행잎 사이로
어디에서 시작해서 어디로 가는지
알 수 없는 검정색 전깃줄 두 개가
나란히 지나갑니다.

그리고 우리는 누군가 걸어간 길을
마치 새로운 길을 간다는 듯, 길 위에
또 다른 길을 만들어 걸어갑니다.

⁂

　　새로운 것처럼 보이지만 우리가 걷고 있는 길은 누군가가 이미
걸어간 길이고, 우리가 걸어간 길은 누군가가 나중에 걷게 될 길입니
다. 새롭게 태어나는 사람만이 있을 뿐입니다. 그래서 알 수 없는 세
상이라는 말은 거짓말에 가깝다고 생각합니다.

진짜는

진짜는

보이는 것 보다는
보이지 않는 것에,

변하는 것 보다는
변하지 않는 것에

있습니다.

사람은 말과 행동 보다는 보이지 않는 마음을 알기가 어렵습니다. 시간이 흐르면 많은 것들이 변합니다. 우리에게 진짜는 어디에 있을까요? 진짜는 보이지 않으면서 변하지 않는 것에서 찾을 수 있습니다. 그것은 마음으로 알 수 있습니다.

#시간과 공간

공간의 이동과 시간의 흐름에 따라
삶의 다양한 생각과 다양한 감정들이
존재합니다.

그래서 어떠한 시간과 공간들이
공간의 이동과 시간의 흐름을 따라가면
다른 생각이나 다른 감정으로
바뀌는 것을 느낄 수 있습니다.

세상 일이 뜻대로 되지 않을 때,
사람에게서 상처받았을 때,
혼자 남은 듯이 느껴질 때,

공간의 이동과 시간의 흐름을 통해
너무 힘겨워하지 않았으면 좋겠습니다.

⁝

　힘들어 지칠 때 공간을 이동하면 주관적이기 보다는 객관적으로, 감성적이기 보다는 이성적으로, 생각할 수 있는 시간이 찾아옵니다. 그리고 그 공간 속 시간의 흐름을 따라가다 보면 힘든 마음이 한결 가벼워집니다.

#그것으로 된 것이다

모든 날에 맑은 날이 없듯, 비가 와도 그
치는 날이 반드시 오듯

태어나서 죽을 때까지 어찌 모든 날이
행복할 수 있으랴, 어찌 모든 날이 불행
할 수 있으랴.

한 권의 책 속 한 구절이 세상에 감동이
되어 베스트셀러가 되듯,
영화나 드라마 속 어느 한 장면이 명장
면이 되어 오래 기억되듯,
시와 노래 가사의 어느 한 줄이 마음을
울려 많은 사람의 입에 오르내리듯

그렇게 내 삶의 어느 순간, 행복한 한 시
절이 있었다면 그것으로 된 것이다.

우리 인생에서 행복했던 어느 한 시절이 있다면, 그것으로 우리
인생은 이미 베스트가 된 것이나 다름없습니다.

#마음과 표현

항상 감사한 마음은 있었지만, 가진 게
많지 않아 물질적으로는 잘 표현할 수
없었던 지인 분들과 오랜만에 통화를 했
습니다.

만나지 못한지 상당한 시간이 흘렀고 그
사이 아주 가끔 전화나 문자메세지 한두
번 밖에 소식을 못 전하는 경우가 대부
분이었지만, 전화가 어색할지도 모른다는
생각까지 들 정도였지만,

막상 통화가 되니 오늘 역시 조금도 변
함없이 예전과 같이 그대로 대해 주셔서
또 다시 감사, 감동이었습니다.

물질적으로 많이 가진 게 없으면 많이 줄 것도 없는 것이 엄연
한 현실인 듯합니다. 물질 없이 마음을 아무리 주어도 물질에 마음마
저 담아 주는 것에는 비할 바가 아닌 경우도 많습니다. 그래도 우리
는 물질적으로 가지지 못한 것을 염려하지 말고, 마음이라도 마음껏
나눠주어야 합니다.

#해답

모든 해답은 '나'에게 있습니다.

우리는 이미 알고 있습니다.
결론은 자기 자신에게 있다는 것을.

다만 그것을 알고서도,

어찌하지 않는 것이거나,

어찌할지를 모를 뿐이거나,

모르는 척할 뿐입니다.

저의 경우는 알고 있지만 어찌하지 않는 경우는 많지 않으나, 어찌하고 싶어도 잘 안 되는 경우가 많은 것 같고, 대부분은 어찌할지를 잘 모르는 경우가 많습니다. 모르는 척 하는 것은 비겁한 것 같아 가능한 한 하지 않으려고 합니다. 그런데 때로는 모르는 척 할 필요가 있을 때도 있습니다.

#긴 비 그치고

거기 그대로 있었군요.

어딜 간 것인가
생각도 했습니다.

아니 잊힐 수도 있겠구나
싶었습니다.

오늘 그대 모습 보니
반갑습니다.
옛 친구처럼요.

"나도 항상 여기
있었습니다."
굳이 말하겠습니다.

❖

긴 장마로 인해 오랫동안 파란 하늘을 볼 수 없었는데 잠시 비 그치고 구름 사이 하늘을 보게 되니 잊혀져가는 사람들이, 잊혀져간 기억들이, 잊힌 꿈들이 다시 떠올랐습니다. 뭉클했습니다. 그래서 나 여기 있다고 조용히 혼자 외쳐보았습니다.

#귀뚜라미

지하실 눅눅한 벽에 붙어서 해가 지면
타전 소리를 보내는 귀뚜라미가 오늘 밤
엔 우리 집 베란다에 나타났습니다.

5층이 넘는 이곳까지 승강기에 얹혀 온
건지 벽을 기어 올라와 창틈으로 들어온
건지 모르겠습니다.

어두운 곳, 음습한 곳만 찾아다니는 줄
알았는데 밝고 건조한 곳에서도 잘도 뛰
어다닙니다.

그러나 '귀뚜르르', 울지 않는 귀뚜라미를
보니 여기 있다가는 안 될 것 같아 살짝
잡아서 1층 화단에 풀어줍니다.

곤충들도 가끔은 새로운 삶을 찾아 모험을 하나 봅니다. 귀뚜라
미가 있어야 할 곳에 놓아주고 나니 한결 마음이 편안해집니다. 우리
가 있어야 할 곳은 어디일까요? 우리는 우리가 있어야 할 곳에 있는
것일까요? 있어야 할 곳에 있을 때 역시 마음이 가장 편안합니다.

#나에게

원해서 했던 일이 원하지 않은 결과로 나타날 때 그 좌절감과 번뇌는 이루 말 할 수 없습니다.

그리고 여러 갈래 길이 있음을 알면서도 끝을 알 수 없는 그것을 향해서만 몸부림칠 때, 어쩌면 그것은 부질없는 욕망 때문이란 것도 또 느낍니다.

어쩌면 이미 하늘 품고 있으면서도 수렁에 빠진 듯, 스스로 나 자신을 홀대하고 있는 건 아닌지 나에게 물어봅니다.

　

그래서 나에게 미안하다고, 그래서 나에게 고맙다고, 내일이 오면 또 나를 잊은 채 바쁘게 살 것 같아 잠들기 전에 나에게 말해 주었습니다.

#행동의 중요성

나를 둘러싼 물질적인 것들을 정리하기
시작해서 다음은 마음의 정리로 넘어가
는 것입니다.

결국 이 모든 행동의 귀결점은 정신세계
의 치유에 있습니다. 내 영혼의 치유에
이르고자 함입니다.

행동하지 않는 생각들, 그야말로 생각에
만 머무는 것은 그것이 아무리 훌륭한
생각일지라도 생각일 뿐이므로,

행동으로 옮겨야 합니다.

행동하고 실천해야 합니다. 아무리 훌륭한 생각도, 아무리 멋진
말도, 행동하고 실천하지 않으면 헛된 상상이 될 뿐이고 말장난이 되
기 때문입니다. 행동하고 실천함으로써 세상 속을 살아가는 내 영혼
의 안식을 찾을 수 있습니다.

#기도 1

제가 배우고 믿는 것과 다른 방식으로
사는 사람을 의심하지 않게 하시고, 제
삶이 저 혼자를 위한 것이 아니라 더불
어 살아가기 위한 최소한의 양심과 예의,
그리고 정직과 정의에 있다는 것을 깨달
았듯이, 저와 다른 방식으로 살아가는 사
람에게도 깨닫게 하소서.

그리하여 거짓을 말하고 약속을 지키지
않는 사람에게도 관용을 베풀게 하시고,
그 관용이 상처로 돌아오지 않도록 하시
어, 또 다른 사람들과의 약속을 지킬 수
있도록 도와주소서.

세상에는 다양한 사람이 존재합니다. 그리고 대부분의 사람들은
최소한의 양심과 도덕을 지키며 살기에 우리는 다른 사람이 만든 것
을 입고 먹고 향유하며 살 수 있습니다. 그런데 살다보니 자신의 유
불리에 따라 변절하는 약삭빠른 인간들과 함께 해야 할 때도 있습니
다. 괴롭지만 그 또한 제 삶의 한 부분일 것입니다.

#기도 2

오해로 인해 마음의 옹벽을 높이 쌓아
올리고 있는 그의 오해가 이해로 바뀌어
마음의 문이 활짝 열릴 수 있도록 도와
주소서.

세상은 오해로는 살아갈 수 없고 이해로
만 살아갈 수 있음을 그가 깨닫게 하시
고 저의 잘못이 있었다면 제가 죗값을 치
르도록 하소서.

간절히 바라건대,

저와 그가 오해라는 깊은 어둠에서 벗어
나 이해라는 견고한 다리를 건널 수 있
도록 부디 살펴 주소서.

᎓

작은 오해를 시작으로 마음을 문을 닫고 철벽을 쌓아 올리는
어리석은 한 인간을 알게 되었습니다. 오해가 있기 전까지는 이해가
되거나 이해를 해주는 사람으로 알고 있었습니다. 그러나 이해가 오
해로 바뀌는 순간 그가 어리석은 인간이라는 것을 알게 되었습니다.
오해가 다시 이해로 바뀌기를 간절히 바라봅니다.

#비에 관하여

비는 '대기 중 수증기가 지름 0.2mm 이
상의 물방울이 되어 지상으로 떨어지는
현상.', '약 10만 개의 구름방울이 뭉쳐야
1개의 빗방울이 된다.'고 백과사전에 나
와 있습니다.

그럼, 오늘 내리는 이 비는 대체 몇 개의
구름방울이 모여서 내리는 걸까요?

우리 삶의 구름방울은 몇 개가 모여야
한줄기 빗물처럼 되는 것일까요?

⠿

　　　점이 모여 선이 되고, 선이 모여 면이 되고, 면이 모여 공간이
되듯 빗방울도 그렇게 만들어지는 것이었습니다. 우리의 삶도 어느
날 갑자기 하늘에서 뚝 떨어져서 만들어지는 것이 아닙니다. 내리는
비를 바라보며 "모든 것은 때가 있다.", "모든 것은 때가 있다."라고
수 없이 되새겨 봅니다.

#마음수련

인생을 살아가면서 잘 알고 있지만 대부
분의 사람들은 욕심을 버리는 일이 쉽지
않습니다.

부와 명예를 얻기 위해, 혹은 부와 명예
같은 것을 얻고도 침략과 보복을 일삼으
니 말입니다.

그래서 우리는 언제 어디서나 우리의 본
성이 선(善)을 향하도록 마음을 수련해야
합니다.

누구에게나 선과 악이 함께 내재되어 있습니다. 악을 누르고 선
을 향하는 힘은 올바른 마음가짐과 올바른 생각에서 시작됩니다. 그
것은 타고나는 것도 있지만 끊임없는 자기 수양을 통해 형성되는 것
입니다.

#받아들임

힘들지만 분노하지 않기로 합니다.

언제나 그렇지만 지금 그대로를 그냥 받아들이기로 합니다.

"비는 그치니까요. 안개는 사라지게 되니까요."

"그래서 모든 것은 지나갈 테니까요."

"그것이 인생이니까요."

"정말 흔해 빠진 말인데 모두 맞는 말이니까요."

 지나온 날들을 돌이켜 보니, 특히 분노했던 일들은 지나고 보면 아무것도 아니었습니다. 최근 저는 날마다 쏟아지는 업무가 눈덩이처럼 쌓여 이제는 피곤하다 못해 분노하고 있었습니다. 그러나 불과 몇 개월만 지나도 오늘을 생각하면 아무것도 아닌 일이 될 것입니다.

#깨달음에 관하여

깨달음. 그 이후 현실을 초월해서 마음의
평정을 잃지 않고 그 안에서 행복하신
분들이 있지만,

그것은 정말이지 현실을 초월해야 가능
한 것이라고 생각합니다.

나 혼자라면 그리할 수 있겠지만,

깨닫지 못한 대부분의 사람들 속을 살아
가는 내 가족까지 그 길로 안내할 수 있
을까요.

궁극의 길은 그것임을 알지만 쉽지 않은
일입니다.

그래도 우리는 우리가 원하든, 원치 않든 결국 깨달음을 향해
가고 있다는 것을 압니다. 우리는 결국 같은 곳을 향해 가고 있으니
까요. 잘났든 못났든, 잘살든 못살든 우리 삶의 끝은 누구나 같습니
다. 다만 삶의 끝에서 내 자신에게 조금 덜 부끄럽고 조금 덜 후회할
수 있다면 그것은 깨달음에 있습니다.

#흐르는 시간

거울 속의 나를 바라봅니다.

흘러간 시간 동안 얼굴이 제법 변했다는
생각이 듭니다.

거울 속의 나를 가만 바라보고 있으면
나의 마음도 보이기 시작합니다.

나의 마음도 흐르는 시간 따라 많이 변
했다는 생각이 듭니다.

그렇게 나를 계속 바라보고 있으니, 시간
이 흘러 내가 변한 것이 아니고 내가 변
하는 동안 시간이 흘러간 것입니다.

시간은 구름처럼 사라지고 강물처럼 흘러갑니다. 붙잡고 싶지만
붙잡을 수 없습니다. 그렇지만 흐르는 시간 속에서도 내 자신이 변하
지 않고 스스로를 잘 지켜낸다면 시간을 붙잡는 것과 같을 것입니다.
많은 시간이 흘렀고 또 더 많은 시간이 흘러 갈 것이지만 나의 마음
만이라도 변하지 말자고 다짐합니다.

#나

땅속 깊이 박힌 뿌리를 뽑아내야 완전히
제거되는 잡초처럼,

내 안의 나를 완전히 깨닫고 받아들이지
않으면,

혹은 변화하지 않으면 달라질 것은 아무
것도 없습니다.

⁝

　　나를 변화시키는 것은 쉽지 않습니다. 그렇다면 나에 대해 더
잘 알아내고 진정으로 깨달아 나를 나 자체 그대로 받아들이는 것도
방법입니다. 그러나 그것은 어쩌면 나를 변화시키는 것 보다 더 어려
울 수도 있습니다. 어쨌든 우리는 어느 쪽이든 해야 합니다. 나의 영
적인 성장을 위해서.

#여백

출근길 지하철입니다.

오늘 하루를 보내는 데
가장 필요한 것이 무엇일까
생각해 보았습니다.

답은,

‘여백’

입니다.

⠶

　　오늘은 백지상태가 되는 것이 좋겠다는 생각입니다. 잘 될지 모르겠지만 오늘은 깨끗이 비우고 있어야 합니다. 그래야 무엇이든 받아들일 수 있기 때문입니다.

#카톡 말고 편지할게요

그리움입니다.
보고픔입니다.
간절함입니다.
그렇게 진심입니다.

카톡 말고
편지할게요.

기다림입니다.
설레임입니다.
반가움입니다.
그렇게 감동입니다.

카톡 말고
편지할게요.

때로 마음을 전해 주고 싶고, 때로 마음을 받아 보고 싶을 때가 있습니다. 그럴 때는 펜 꾹꾹 눌러 손글씨로 편지를 씁니다. 마음을 씁니다.

＃빈 들녘에 서서

씨앗이 자라 싹이 트고
열매가 맺혔다가 사라진
빈 들녘은 거침이 없다.

온몸으로 햇살 받고
바람은 사방으로 통하고
별빛은 하늘에서
땅 끝까지 쏟아져 내린다.

빈 들녘에 서면
나도 너도 우리도
그저 하나일 뿐이다.

심플이 답입니다. 모든 것을 비워버린 빈 들녘의 심플을 생각합니다. 마음이 복잡해질 때, 관계가 복잡해질 때, 삶이 복잡해질 때, 온갖 쓰레기를 진공청소기로 모조리 빨아들여 쓰레기통에 버려 버리듯 복잡한 것들을 몽땅 쓸어 담아 마음 밖으로 모두 던져 버립니다.

#마음의 여유

시간의 여유가 없어서
시간을 속절없이 흘려보내는 것이
아닙니다.

마음의 여유가 생기지 않아서
시간마저도 흘려보낼 때가
많았습니다.

⋮

시간의 여유를 찾기 위해서는 마음의 여유를 먼저 찾아야 합니다. 어떻게 해야 할까요? 놓아버리는 것입니다. 나를 붙잡고 있는 여러 가지 목표들, 계획들, 약속들, 생각들. 모두 그냥 놓아버리는 것입니다. 그렇다고 낭떠러지로 떨어지는 것은 아닙니다. 사는 데 지장 없습니다. 괜찮은 것입니다.

#가을이 오는 퇴근길에

가을 성큼 다가왔나.

퇴근길, 아직 집에는 도착하지도 않았는
데 거리에는 일찌감치 어둠이 먼저 도착
하기 시작한다.

저녁은 더 짙은 어둠을 모아 밤으로 향
해 가는데, 내 마음은 여기저기 흩어져
뒹구는데,

누군가 어딘가에서 조용히 읊조린 혼잣
말, "더 이상 혼자가 아니야."

남의 이야기처럼 들려온다.

출장 갔다가 다시 회사 들어가서 밀린 일 처리하고 혼자서 터
벅터벅 왠지 쓸쓸한 퇴근길, 마음속으로 들어가 바닥까지 싹싹 퍼내
서 마음속을 텅텅 비워버리고 싶습니다.

#버리기

'어느 누가 의미도 없는 것들을 간직하고
있겠는가. 나름대로 이유가 있고 해서 버
리지 못한 것이지.'

그러나 또 이렇게도 생각합니다.

아름다웠건 아쉬웠건 지나가 버린 시간
을 돌이킬 수 없듯, 버리지 못하는 것들
도 시간처럼 흘러가는 것이라고.

'기억으로 남거나 형체가 남아있어 흘러
가 버린 것을 인정하고 싶지 않을 뿐.'

:

그때 내가 필요로 했던 그 순간, 그 시간과 함께 이미 흘러가
버린 것입니다. 따라서 돌이킬 수 없으니, 이별의 아픔이 있더라도
이제 그만 붙잡고 놓아주어야 하는 것입니다.

#그야말로 가벼운 생각

어제 퇴근길에 비가 올까 봐
회사 우산을 챙겨서 나왔습니다.

가방이 무거웠습니다.
꽤 더웠습니다.
비는 오지 않았습니다.

오늘 출근길에 어제 가져온
회사 우산을 갖다 놓기 위해
챙겨서 나왔습니다.

비는 오지 않습니다.
꽤 덥습니다.
가방이 무겁습니다.

비가 오면 비 좀 맞을 걸 그랬나 봅니다. 우산을 안 챙겨서 비 맞는 날이 평생 얼마나 많이 있을까요? 옷도 젖고 가방도 젖고 번거로워지겠지요. 그렇다고 큰일 나는 건 아니니까 다음엔 비가 오면 그냥 비 좀 맞아도 괜찮겠습니다.

#순응

지나온 날들을 돌이켜보니 그동안 저는 저에게 작동하는 자연의 이치를 깨닫고 있으면서도 그것을 넘어서려고 많은 시도를 했던 것 같습니다.

제가 지름길이라고 여기고 과감히 개척했던 길들은 험난한 가시밭길이었습니다.

자연에 순응하는 길이 가장 빠른 지름길입니다.

⠢

그래도 험난한 길을 걸었기에 자연의 이치를 더 잘 깨달을 수 있었습니다.

#낙서

현재에 충실 하는 것이
가장 쉬우면서도
가장 어렵습니다.

왜 과거는 아쉽고,
미래는 알 수 없어
신경이 쓰이는 걸까요.

이것을 어찌하면
떨쳐버릴 수 있을까요.

현재에만 충실하면 된다는 것을 너무 잘 알고 그렇게 생각하고
도 남는데 왜 머릿속은 현재에 머무르지 않고 과거에서 미래까지 왔
다 갔다 하는 건지 모르겠습니다. 돌아갈 수 없는 과거와 알 수 없는
미래는 생각날 때마다 싹싹 지워 버리기로 합니다. 오직 현재를 살기
로 합니다.

#내 삶을 사랑하는 것은

내가 내 삶을 사랑하는 것은 살아 있기
때문입니다.

살아 숨 쉬는 그 자체가 나를 사랑할 수
밖에 없는 이유입니다.

내가 내 삶을 사랑하는 것은 내 영혼의
깨달음을 얻게 하는 것입니다.

깨달음은 세상을 살아가는 나와, 나와 연
결된 모든 것들을 평화롭게 할 것이기
때문입니다.

❖

　　내 삶을 사랑해야 하는 이유는 '살아있음'이고, 내 삶을 사랑하
는 방법은 '깨달음'입니다.

#여름

태양이 따갑도록 쏟아졌을 뿐
마음을 찌른 것도 아닌데 눈물이 난다.

물 한 모금, 흙 한 줌
함부로 여기지 않았는데
자꾸 아픔이 차오른다.

앞을 바라보았을 뿐
하늘은 바라지도 않았는데,
땅 끝에 엎드려야 눈물이 멈출까.

바람은 손짓하며
가슴을 뚫고 지나가고,
바람맞은 팔월은
눈물 한 모금 삼키고.

세상이 제 뜻을 제대로 알지 못하고 다르게 반응할 때, 한없이
안타까울 따름입니다.

#균형 잡기

삶의 균형 잡기, 항상 추구하고 싶은 것
입니다.

그런데 외바퀴 자전거처럼 균형 잡기가
어렵습니다.

그래도 누군가는 외바퀴 자전거를 잘도
타고 다닙니다.

나도 할 수 있습니다.

❖

　　　외바퀴 자전거를 타기 위해 수없이 넘어졌을 것입니다. 그러고
나서 외바퀴 자전거를 자유롭게 타고 다니게 되었을 것입니다. 연습
뿐입니다. 한쪽으로 치우치지 않고 균형을 잡기 위해서는 오직 연습
밖에 없습니다.

#염원

내 인생의 주인이 되는 것,
그토록 간절히 원하던 것이
바로 이것 아닌가.

세상 풍경이 담긴 액자사진 속의
정지된 사람처럼,

세상의 틀에서 벗어나지 못하는 삶을
가급적 빠른 시일 내에 청산하는 것.

그것이야말로 내가 원하는 것이
아니던가 말이다.

　　세상 풍경이 담긴 액자사진 속 정지된 사람의 모습. 어쩌면 그
것이 가장 인간다운 삶일지도 모릅니다. 그러나 내 인생의 주인이 되
기 위해서는 세상의 틀을 깨고 나와야 합니다. 세상과 삶을 바라보는
생각이나 관점의 전환을 하든, 물질적인 변화를 이끌어내든 고정된
틀을 깨지 않으면 안 됩니다.

#기다림

나뭇잎이 떨어져
낙엽이 될 때

먹구름이 떨어져
빗물이 될 때

그리움이 사무쳐
그대가 될 때

외로움이 사무쳐
혼자가 될 때

껍데기를 벗고서
맨몸이 될 때

⁙

극과 극은 어느 경계점에서 필연적으로 만나 새로운 세계를 창
조합니다. 극에 치달았을 때, 마음을 잘 다스리고 기다릴 줄 아는 지
혜, 그것이 필요합니다.

네모난 것과 둥근 것

저는 주머니 크기로 만든 책을 거의 항상 들고 다닙니다. 요즘에는 손자병법을 읽고 있습니다. 오늘은 출장길 기차, 주머니 속 책자를 펼칩니다.

'네모난 것은 정지하고 둥근 것은 굴러간다.' 들어본 말이지만 그래도 정말 어쩌면 이렇게 표현이 기가 막힐까요.

저는 상당 기간의 직장경력 후 얻어지는 직위와 그들의 여유로운 모습을 미래의 제 모습으로 꿈꾸며 직장생활을 했습니다. 그런데 그사이 세상이 바뀌어 예나 지금이나 다를 게 없는 환경이 되어버렸습니다.

❖

지금까지 그래왔던 것처럼, 잘 안되긴 하겠지만 앞으로도 가급적 세상을 둥글게 살아가기로 합니다. 손자병법에 나온 말처럼 세상 속에서 각을 만들면 나는 내 의지와는 상관없이 멈추게 될 수도 있다는 것을 알기 때문입니다.

#옆집

옆집에 새로운 가정이 이사 온 지 몇 달 정도 된 것 같습니다. 한 번도 그 가족을 본 적이 없는데 그들의 자전거 앞바퀴는 늘 우리 집 쪽으로 많이 들어와 있어서 저희 자전거를 놓기가 불편합니다.

처음엔 이사 와서 잘 모르나 보다 하고 생각했는데 몇 달 동안 계속 그러는데, 말을 하자니 별 것 아닌 것 같고, 말 안 하자니 불편하고.

그러다 보니 자전거 사용할 일이 있을 때면, 신경이 곤두설 때가 잦아지고 난감하네요.

⠿

몇 달 전 이사 간 예전 옆집이 생각납니다. 서로 잘 몰랐지만 마주치면 좀 어색해도 고개 숙여 인사를 나눴던 분들이었는데 옆집에 불편을 주지 않으려 애쓰는 분들이었다는 것을 이제야 알겠습니다. 마음이 따듯한 이웃이 그립습니다.

검정하고 있을 때는 검정인 척하고, 흰색
하고 있을 때는 흰색인 척하는 회색은
비겁한 색이라고 생각한 적 있습니다.

그래서 가능한 검정인지 흰색인지 색깔
을 분명히 하고 살려고 노력했습니다.

그러다 보니 어떨 때는 차라리 검정이었
으면 어땠을까. 이번엔 차라리 흰색이었
으면 어땠을까 생각했던 적도 있습니다.

살아가면서 간사하게도 이 두 가지 입장
은 왔다갔다 하더군요.

그래도 회색이 되기 싫어 꿋꿋하게 검정
과 흰색 중 한 쪽을 선택하고 초지일관
밀어붙이고자 했습니다 .

그런데 이제와 생각하니 왜 그렇게 바보
같이 생각하고 살았나 싶습니다.

검정, 흰색, 회색 말고도 빨주노초파남보,
무지개 색까지 색깔은 너무나 다양한데
말입니다.

세상은 너무나 넓고 사람은 너무나 많은
데 말입니다. 해야 할 일도 너무 많지만
좋아하는 일도 너무 많고 하고 싶은 일
도 너무 많은데 말입니다.

나만의 색깔을 가졌으면 좀 더 마음 편
했을텐데 말입니다.

그동안 혼자만의 흑백 세상에 살았나 봅니다. 지금부터라도 칼
라로 살아야겠습니다. 아니, 칼라로 살겠습니다.

#갈림길

두 갈래의 갈림길에 섰습니다. 둘 다 가지 않은 길입니다.

한쪽 길은 그토록 원하던 길인데 현실적인 어려움이 뒤따르는 길이고, 실제 그 길을 막상 걸어갔을 때 그토록 원하던 길이 아닐 수도 있습니다.

다른 한쪽 길은 어려움도 없고 그렇다고 좋은 것도 없고 그냥저냥 걸어온 길, 그렇게 걸어왔던 길의 연속입니다. 이 길 또한 막상 걸어가 보면 예상과 다른 길일 수도 있습니다.

어느 쪽이든 이제 결론을 내야 합니다.

⠠

중요한 순간이야말로 탁월한 선택을 할 수 있는 지혜가 필요합니다. 그러나 그 선택은 매우 어렵습니다. 하지만 일단 선택하고 후회하지 않는다면 그 선택은 탁월한 선택이 될 것입니다. 그래서 그런 선택에는 무슨 일이 있어도 후회하지 않는다는 단호한 결심이 필요합니다.

#압축기장

한동안 은행을 안 가서 서랍 속에 묵혀 있던 통장을 가지고 나와 지하철 안 ATM기에서 통장 정리를 했습니다.

그 결과 '압축기장.' 정리하지 않은 몇 년의 기록은 이 네 글자로 끝나버렸습니다. 지난 시간을 한 번 돌려 보고 싶어 통장 정리를 한 것인데 ATM기는 나에게 묻지도 않고 일방적으로 압축기장해 버렸습니다.

뭐 대단한 건 아니지만 한 번쯤 살아온 흔적을 돌아보고 싶을 때 있지 않은가 말입니다. 영업점이 문을 열 때 도둑맞은 기록을 찾으러 가봐야겠습니다.

⁙

내 삶의 흔적을, 기억을, 스스로 소중히 여기고 그 때 그 때 관리하지 않으면 잃어버린 시간이 될 수도 있습니다. 나의 시간들이 나의 소중한 추억이 되도록 잘 간직해야겠습니다.

#자신감

회사에서 외부 용역을 맡기기 위해 두 개 업체와 만났습니다. 첫 번째 업체, 매우 신중해서 과제를 이해시키는 데 시간이 걸렸습니다. 매우 신중해서 우리가 제시한 몇 가지 조건에 대해 검토해 보겠다는 말을 남기고 갔습니다.

두 번째 업체, 매우 신중하지는 않았지만 과제를 바로 이해했습니다. 조건에 대해서도 매우 신중하지는 않았지만 할 수 있다고 했습니다. 재차 물음에 더 강하게, 할 수 있다고 하고 떠났습니다.

우리는 어느 업체를 파트너로 삼을지 고민하지 않아도 되었습니다.

⠿

매우 신중하다 보면 아무것도 할 수 없는 경우도 흔합니다. 어떤 상황, 혹은 과제와 같은 것을 대할 때 자신감이 얼마나 중요한지 깨닫습니다. 근거 있는 자신감이라면 베스트, 그렇지 않다고 하여도 자신감 있는 모습은 믿음을 줍니다.

#나를 만드는 것

내가 만나는 사람,
내가 읽는 책,
내가 가는 곳이
나에게 영향을 주는 것이
사실이지만,

나를 만들어 가는 것은
바로 '나'입니다.

똑같은 사람을 만나고
똑같은 책을 읽고
똑같은 곳을 가도
받아들이는 사람에 따라
다르기 때문입니다.

그래서 삶을 바라보는 나의 마음가짐이 중요하고, 삶을 대하는 나의 자세가 중요하고, 삶을 살아가는 나의 태도가 중요합니다.

#코로나

온통 코로나로 뒤범벅이 된 세상을 손바
닥만 한 마스크로 가릴 수야 있겠냐만
코도 가리고 입도 가립니다.

진작 가릴 걸 그랬습니다.

열린 입이라고 그간 너무 많은 말들을
제멋대로 늘어놓았습니다.

마스크 한 장에 갇힌 세상은 우울하지만
마스크 한 장만큼이라도 세상이, 사람들
이, 뒤돌아보길 바라봅니다.

불확실성과 알 수 없음은 때로 두려움이 됩니다. 그러나 그 불
확실성과 알 수 없음 때문에 우리는 현재의 소중함을 더욱 잘 깨닫
고 현재에 집중할 수 있습니다.

출근길, 다리를 약간 절뚝거리는 것 같은 할머니가 지하철 입구 앞에서 갑자기 저에게 무언가를 내미셨는데 다른 생각 하다가 지나쳐 버렸습니다. 그냥 지나칠 수 없어 되돌아가서 할머니께 "주세요." 하고 받았더니 "건강하세요." 하셨습니다. 뭔가 마음이 찡했습니다.

몇 번을 접어 마지막에 빨간색 글씨만 남은 종이는 어떤 교회에서 제작한 작은 신문이었습니다. 다른 사람들은 "하나님은 당신을 사랑하십니다.", "예수 믿고 구원받으세요." 하는데, 할머니의 "건강하세요." 그 한마디가 자꾸만 마음에 걸립니다.

우리는 은연중에 자기가 가장 원하는 것을 말하게 됩니다. 그리고 그것은 진심일 가능성이 큽니다. 할머니께는 건강이 가장 소중한 상황이 아니었나 싶습니다. 누구나 노인이 됩니다. 살아온 날짜 수만큼 삶의 무게도 늘어납니다. 살아온 날의 누계는 살아갈 날의 무게일지도 모릅니다.

#술 한 잔 생각난다

혼자서 공장을 돌리는 것이 아닌데도 뭔가 외로운, 그리고 모두들 분주히 움직이지만 생산성이 없는 구멍가게 같은 공장. 한 달여의 야근 끝에 간신히 끝마친 많은 일들, '암튼 잘 끝났다.', '홀가분하다.' 위로하는 순간, 앞 다퉈 퇴근하는 사람, 눈치 보는 사람, 모두 가고 홀로 퇴근길.

'아, 술 한 잔 생각난다.' 어찌 되었든 같이 고생한 사람들과 술 한 잔 하고 싶었는데 그냥 보내고 나니 못내 아쉬운 퇴근길. '아, 크고 작은 일을 끝마칠 때마다 술 한 잔 하자시던 지난날 부장님 마음도 이 마음이었구나.'

저는 기획 일을 오래 했는데 정해진 날에 끝마칠 때까지 늘 마음이 편치 않은 상태로 지냅니다. 끝나고 나면 숙제를 해치워서 홀가분하다는 생각뿐입니다. 그리고 이내 공허함이 몰려옵니다. 직장인으로서 보람, 그런 것은 솔직히 잘 모르겠습니다. 그래도 저의 이 작은 수고가 사회에 작은 변화라도 줄 수 있다면 좋겠습니다.

#출장

강릉에 출장 왔다가 지금 서울로 가는
중입니다.

서울에서 강릉 사람을 보러 온 사람의
마음과, 강릉 사람의 마음이 서로 엇갈립
니다.

제가 강릉 사람을 보러 간 것이 아니었
지만, 저도 덩달아 심란합니다.

그나마 내일이 주말이라서 다행입니다.

⠃

　　함께 약속시간까지 정해서 어렵게 만났는데도 때로는 상대방
마음이 내 마음 같지 않을 때가 있습니다. 어쩔 수 없습니다. 그냥
받아들여야지요.

#연차휴가

내일 하루 정도는 휴식이 필요할 것 같
아서 오늘 회사에 연차휴가를 내고 왔습
니다.

직장생활을 오래 하였건만 여전히 내일
출근을 안 해도 되니까 왜 이렇게 좋을
까요.

어른이 되면 모든 것이 내 맘대로 될 것
이라고 생각했는데, 모든 것이 내 맘대로
하기가 어렵게 되었습니다.

그래서 그럴까요. 어쩌면 막상 휴가인 내
일도 그저 달콤하지만은 않을 것이란 생
각도 듭니다.

⋮

어쩌면 우리는 똑같은 강을 가운데 두고서 강 건너 저편에는
어떤 강물이 흐르고 있을까 궁금한 나머지, 평생을 똑같은 강의 이쪽
과 저쪽을 수없이 오가는, 그런 삶을 살고 있는지도 모릅니다. 삶이
란 것이 뭐 특별한 것이 있는 것 같은데, 지나온 날들을 돌아보면 삶
이 뭐 그리 특별할 것도 없음을 알 수 있습니다.

#연차휴가 후기

연차휴가는 달콤했습니다.

너무 달콤한 나머지 지하철을 반대 방향
으로 탄지도 모르고 한참을 지나 왕십리
역까지 와서야 잘못 탄 걸 알았습니다.

이제라도 알았으니 다시 가야 할 방향으
로 바꿔 타고 가면 됩니다.

⁛

　　살다 보면 내가 생각한 것과 다르게 엉뚱한 방향으로 가고 있
었다는 것을 뒤늦게 깨달을 때가 있습니다. 그렇다고 당황할 필요 없
습니다. 다시 내가 가야 할 방향을 찾아가면 될 뿐입니다. 조금 늦었
다고 생각할 필요도 없습니다. 그것도 내 삶의 한 부분이라고, 그렇
게 생각하면 됩니다.

#작전타임

너무 지친 것 같아 휴가를 내고
내 고향이나 다를 바 없는
대전 가는 길.

뭐 딱히 달라질 건 없겠지만,
이렇게라도 해서
일상과 잠시 단절하고 싶습니다.

운동경기에서 대부분은 불리하게 흘러가는 흐름을 바꿔놓으려 할 때 작전타임을 씁니다. 삶에서도 작전타임이 필요할 때가 있습니다. 계획한 일이 뜻대로 진행되지 않을 때, 일이든 사람이든 살아가는 일이 지치고 힘겨울 때, 우리는 지체 없이 스스로를 위해 기꺼이 작전타임을 써야겠습니다.

#마을버스 1

지하철에서 내렸더니 비가 많이 와서 마을버스를 탔습니다. 그런데 잘 달리던 마을버스가 한참을 멈추게 되었습니다. 119 구급차가 길을 막고 서 있었기 때문입니다. 운전기사가 경적을 연거푸 울리며 짜증을 내기 시작했습니다.

저는 119만 보면 긴급한 상황일 거라는 생각에 조마조마한 마음이 드는데 경적 소리가 더욱 심란하게 했습니다.

그 사이 119구급대원이 들것에 노인 분을 싣고 나왔습니다. 그리고 서둘러 구급차를 이동하려는 순간 운전기사의 입에서 험악한 욕이 터져 나왔습니다.

욕의 내용은 119구급대원에게 길을 막고 일을 하면 어떡하느냐는 것이긴 한데 제가 듣기에는 그냥 온갖 욕을 퍼붓는 것으로 밖에는 안 들렸습니다. 아마 119구급대원이 공무원이 아닌 일반 주민이었다면 큰 싸움이 났을 것입니다.

그렇게 119구급차가 떠나고 난 뒤로 비탈진 언덕길을 더 올라가야 하는 마을버스가 정차할 때마다 승객들은 마치 죄를 지은 사람들처럼 아무 말 없이, 그리고 급정거가 잦은데도 불구하고 너나 할 것 없이 먼저 일어나 내릴 준비를 하고 있었습니다.

운전기사의 살벌한 욕을 들은 뒤로 승객들에게는 알 수 없는 공포 분위기가 조성된 느낌이었습니다.

저도 단 1초라도 빨리 그 공간에서 벗어나고 싶어서 서둘러 마을버스에서 내렸습니다.

살아가는 일은, 아니 사람 일은 아무도 알 수 없습니다. 언제 입장이 바뀔지 아무도 모릅니다. 아니 꼭 입장이 바뀌지 않는다 해도 다른 사람들의 고통이나 재난을 목격할 때 도움을 주지는 못할망정 해서는 안 될 말을 하는 것은 인간의 도리가 아닙니다.

#마을버스 2

저는 아침 출근길 지하철역까지 칠백여 미터 정도의 거리를 걷는 것을 참 좋아합니다. 주변 풍경들과 사람들을 보면서 많은 생각들을 정리할 수 있어서 좋습니다. 하지만 너무 덥거나 비가 너무 많이 오거나 너무 추울 때는 종종 마을버스를 탑니다.

오늘 아침은 너무 더워서 마을버스를 탔습니다. 마을버스는 노선버스와 달리 골목골목을 돌아 나오는, 말 그대로 마을버스입니다. 그런데 우리 동네 마을버스는 출근길에는 정말이지 도로 위를 날아간다고 해야 할 것 같습니다.

좌회전해야 하는데 길이 막히게 될라치면 길게 막힌 행렬의 우측 직진 차선의 빈 곳을, 신호등이 바뀌는 시간차를 이용해 질주합니다. 회장님 리무진도 있고 경찰차도 있고 다양한 차들이 줄지어 있지만, 법규 위반을 지적하거나 비난하는 사람은 없습니다.

이 마을버스에는 많은 사람이 승차해 있
고 더욱이 출근길이기 때문에도 그런 것
같습니다.

운전기사 아저씨는 그 힘에 의존해서 오
늘도 위험하지만, 조심스럽게 그러나 많
은 사람이 누구보다 빨리 안전하게 목적
지에 도착하도록 세심한 운전을 하시고
있습니다.

민중의 힘 같은 것이랄까요. 그것은 정의롭게 쓰일 때, 때로 사
회 법규를 다소 위반할지라도 사람들에게 허용되거나 인정받을 수
있는 듯합니다. 그래도 법은 지켜야 하지 않을까요.

잡동사니

잡동사니에는 많은 기억이 있으면서 많은 문제도 있습니다.

잡동사니를 해결하려면, 작지만 고민이 앞서다 보니 회피하고 있었던 것도 사실입니다.

그러나 이것은 매우 중요한 문제였습니다.

이 작은 문제들을 해결하지 않고서는 더 큰 인생의 문제들을 해결할 수 없기 때문입니다.

⋮

작은 문제들부터 해결해 나가야 합니다. 그래야 삶의 복잡한 문제들도 풀립니다.

집 인근에서 수도 공사가 있었습니다. 그 후 수돗물에서 녹물이 나오기 시작했고 수도사업소에서 수질을 측정하러 나왔습니다. 여러 번 측정해도 기준치 이하로 안 나와서 이의를 제기하자,

"오래된 수도 배관에 가라앉아 있던 것들이 일어나 나오는 것인데 기다리면 가라앉아서 괜찮아질 것입니다."

그게 말이 되는 소리냐고 따졌고 수도 배관 전체를 새것으로 다 바꿀 수는 없지 않느냐는 말이 오갔고, 그러다가 다시 측정하니 정말 기준치 이하로 내려갔습니다. 엉터리 같았지만 그랬습니다.

녹물이 가라앉은 배관으로 수돗물을 공급하면서 어쩔 수 없다는 대응이 아직도 받아들여지지 않습니다. 그건 그렇고 '우리 삶에도 안 좋은 기억들, 안 좋은 일들. 그것들을 없앨 수는 없으니 가라앉히고 사는 것 아닌가.' 살아가면서 동요의 순간들을 얼마나 잘 가라앉히는가에 따라 우리 삶의 현재는 맑아질 것입니다.

#이별

한동안 우리 아파트 우리 집 쪽의 경비 아저씨 한 분이 안 보였습니다. 꽤 긴 기간 뵐 수 없어 휴가 가셨나 했는데 오늘 보니 다른 분이 일하고 계십니다.

경비복을 입고 명찰까지 착용하신 것을 보니 경비 아저씨가 바뀐 것임에 틀림없습니다.

경비 아저씨에게 무슨 일이 일어난 것일까요? 출근하는 길에 많은 추측이 머릿속을 스쳐 갔습니다.

친절하신 편은 아니었으나 인사를 하실 줄 알고 본인에게 주어진 일에는 열정적인 분이었습니다.

언젠가는 새벽에 우리 집 초인종을 마구 눌러대는 사람을 도둑으로 오인한 저와 함께 도둑을 잡겠다고 몽둥이를 들고 새벽녘에 아파트 주변을 같이 뛰어다니시기도 했습니다.

그리 친하게 지낸 것도 아니고, 그리 모른 척 지내지도 않은 적당한 거리를 유지했기에 부담 없었던 그분이 안계시니 왠지 쓸쓸한 마음이 됩니다.

그리고 한편 걱정도 됩니다. 아무 일 없으시기를.

오늘 퇴근길에는 다른 경비 아저씨께 그분의 소식을 여쭤보아야겠습니다.

익숙했던 무엇인가와의 이별은 그것이 무엇이었든 서글픈 마음이 듭니다. 익숙한 것들을 너무나 당연하게 받아들이지 않고 항상 감사하며 살아야겠습니다.

#고물상

집 안 정리를 하면서 폐지가 여러 박스 나와 차에 싣고 고물상에 가져갔습니다. 고물상 아주머니가 "요즘은 젊은 사람도 분유 값이라도 하려고 이렇게 폐지를 가지고 와요."하고 옆에 폐지를 가져온 다른 할머니께 말씀을 건네며 저를 보고는 빙그레 웃으셨습니다.

경기가 안 좋을 때는 폐지 값이 별로인데 좋을 때는 제법입니다. 오늘 폐지 값을 받아보니 경기가 나쁘지는 않은 모양입니다. 과자 값 정도밖에 안 되는 폐지 값, 천 원짜리 몇 장과 백 원짜리 몇 개가 통장에 숫자로 찍히는 월급보다 더 기분 좋게 해 주었습니다.

❊

기회가 닿으면 폐지를 모으는 어르신들께 길에서도 눈에 잘 띄는 조끼를 만들어 나눠드리는 공익사업을 해 보고 싶습니다. 또 할 수 있으면 그런 어르신들의 쉼터 정거장도 군데군데 만들어 음료나 필요한 물품을 마련하여 폐지를 모으러 다니다가 힘드시면 쉬었다가 가실 수 있게 해드리고 싶습니다.

#뫼비우스의 띠

벗어나고 싶었다.
한없는 길,
하염없이 걸어서라도

말하고 싶었다.
시작이 있었으니,
끝도 있어야 한다고

끝없는 길,
수 없이 돌고 도는
물음표 위에

빛의 속도로 달려
빛을 내고 싶은
촛불 하나 밝혀 본다.

반복되는 일상, 우리 마음속에 작은 소망 하나 간직하고 그 소망을 위해 살아가다 보면 반복되는 일상의 굴레에서 조금이나마 벗어날 수 있습니다.

소망 같은 꽃 송이송이 흐드러지게 피는
계절에 왜 외로움만 낙엽처럼 쌓여가는
지 모르겠다.

내가 아니면 안된다고 말한 적 없는 나
는 왜 나 밖에 없는 것처럼 되어졌는지
모르겠다.

우리들이 아니면 안된다고 수없이 약속
한 우리들인데 왜 그 수없는 약속만큼
멀어졌는지 모르겠다.

꽃은 피고 지고 피고 진다. 오늘은 어제
가 된다. 내일은 오늘이 된다. 살다 보면
나는 네가 된다. 너도 내가 된다. 이제
그만, 다시 정말, 우리들이 되자.

흔한 이야기이지만 삶을 살아가면서 누구든 혹여 서로 미워하
기에는 시간이 너무 아깝다는 생각이 정말로 들어서 글로 표현해 보
았습니다.

#월요일 1

오늘은 월요일이었습니다.

저는 아직도 월요일이 왜 이다지도 싫은
지 모르겠습니다. 월요일에게 미안하지만
어쩔 수 없습니다.

자유로운 주말이 끝나고 또다시 직장에
서 매여 있어야 한다는 게 그게 그렇게
힘겹습니다. 직장생활 일이 년도 아닌데
말입니다.

이것은 병이 맞는 것 같습니다. 이런 병
에는 약이 없습니다. 마음의 병이니까요.
마음의 병은 마음으로 다스려야 합니다.

⁑

그래서 저는 좋아하는 음식을 먹습니다. 좋아하는 글을 읽습니
다. 좋아하는 음악을 듣습니다. 좋아하는 사람을 찾습니다. 그렇게 그
저 좋아하는 것들을 찾습니다. 그러다 보면 월요일은 어느새 사라져
버리고 제 마음은 금요일이 됩니다.

#월요일 2

네가 나에게로 오기 전까지
세상은 모두 내 것이었다.

너는 또 내 곁을 잠시
머물렀다 떠나겠지만

그리고
언제 떠났냐는 듯
또다시 내 곁으로
돌아오겠지만

이미 나는 오늘에게
마음을 주었다.

너를 잊기로 했다.

시작은 늘 부담스럽습니다. 그러나 시작이 없으면 끝도 없습니다. 시작해야 끝도 있습니다.

#환절기

이쯤해서 비가 와 줬으면 좋겠다.

낮에는 따듯한 햇살이, 밤에는 차가운 공기가 체온의 균형을 잃게 하는 이 불편한 동거를 이제는 끝내고 싶다.

전생의 미련일까?

아직도 붙잡고 있는 수험서 표지 바로 뒷장에는 '행운은 노력하는 사람에게 찾아온다.'고 무척 당연하게 적혀 있고,

우리 속에 갇힌 다람쥐는 쳇바퀴를 굴리며 같은 자리를 반복한다.

빨리 굴려도, 느리게 굴려도, 멈춰 있어도, 쳇바퀴 속에서는 항상 같은 자리에 있을 뿐.

어쩌면 다람쥐는 인간이 죽어서도 깨닫지 못하는 삶의 굴레를 이미 깨달았는지 모르겠다.

다람쥐가 쳇바퀴를 돌릴 때마다 반짝반
짝 빛나도록 쳇바퀴에 조그마한 발전기
와 전구를 달자.

빨리 굴릴수록 빛이 강해질 것이고, 밤이
되면 더욱 빛날 것이다.

그래서 어쨌든, 이제 비가 와 줬으면 좋
겠다는 것이다.

오늘도 삶의 쳇바퀴 위에 올라갑니다. 오늘은 어떻게 살아야 삶
이 빛이 날까. 남에게 보이는 삶과 나 자신이 만족하는 삶에서 갈등
하지 않고, 나의 하루가 비록 매일 굴리는 쳇바퀴라 할지라도, 자가
발전해서 모두 잠든 밤에 아무도 몰라주어도, 홀로 세상 밝힐 수 있
다면, 그런 삶을 살 수 있다면.

#네비게이션

작년 겨울에 신형 네비게이션을 선물로
받아서 교체 장착하고 후방카메라도 재
연결했는데 아무리 해봐도 화면이 안 나
와서 그냥 내버려 두었습니다.

그리고 몇 개월이 지난 후, 날씨도 따듯
해지고 해서 혹시나 하고 지난 주말에
다시 연결해 봤더니 화면이 잘 나오는
것이었습니다.

지난번에는 마음만 급한 나머지 연결이
제대로 안되었던 것인가 봅니다.

생각대로 잘 안될 때, 안되는 걸 되게 하려고 억지 부리지 말고
그냥 내버려 두는 것도 방법입니다. 간절하면 이루어지는 경우도 있
지만, 오히려 그렇게 되지 않는 경우가 더 많으니까요. 욕심 부리지
말고 자연스럽게 이루어지는 것, 그것이야말로 최상입니다.

#봉사활동

안국역 노인센터. 오전 11시부터 줄지어
선 할아버지, 할머니께 무료 급식 봉사를
하다. 3시간여 동안 2천여 분의 밥을 퍼
드리다.

"밥이 적다.", "국이 적다."
"나는 조금만 주시오."
"밥 좀, 국 좀 더 주시오."

어린 아이들처럼 말씀도 많고 움직이 것
조차 힘이 드신 할아버지, 할머니.

끝마치고 나오는데 퇴식구 앞 급수대,
'이곳에서 틀니를 헹구지 마세요.'라고 적
힌 주의사항 문구에 웃음이 나왔다가, 이
내 왜 그리도 짠한지.

⠶

　　　매 순간 최선을 다해야 하는 이유를 매 순간 느끼면서도 행동
으로 모두 옮기지 못함은 게으름일 뿐입니다. 얼마나 더 행동으로 옮
기느냐에 따라 삶의 가치는 달라질 것입니다.

#봉변

퇴근길 광화문역에서 지하철 출입문이 열렸다 닫혔다가를 반복하기에 문이 열리는 순간을 포착하여 열차에 탔습니다. 순간 출입문에 가방이 걸렸습니다.

'위험한 순간이다. 그렇다고 가방을 버릴 수는 없지.' 지하철 문을 힘으로 열어젖히기 시작하자 기관사가 알았는지 자동문이 다시 열립니다. 팔뚝과 손, 여기저기에 시커먼 문 자국이 지저분하게 묻었습니다.

휴지를 꺼내 닦아 보았지만 잘 닦이지 않습니다. '이런, 망신이. 아, 다음부터는 애매한 순간에는 그냥 가만히 있자.'

⠛

　지하철 문이 열렸다가 닫혔다가 다시 열리는 순간 저도 모르게 오버했습니다. 살다 보면 가끔 오버할 때가 있는데 늘 겸손한 자세를 가져야겠습니다.

#에버랜드

4개의 버스 정거장과 36개의 지하철역,
3번의 환승을 해서 에버랜드로 간다. 난
치병으로 힘들어하는 아이들과 가족들이
꿈꾸는 곳, 꿈을 이룬 것 같은 연예인도
함께하는 곳, 에버랜드로 가자.

새벽에 일어났다고 졸면 안 된다. 두 눈
을 부릅뜨고 정해진 시간까지 그곳에 가
야 한다. 환승을 잘못해도 안 된다. 에버
랜드로 가는 셔틀버스는 10시 정각에 출
발한다.

그 차를 놓치면 꿈꾸는 사람들과 꿈을
이룬 것 같은 사람을 만날 수 없다. 어서
가자. 에버랜드로.

⠿

　　아픈 아이들과 아이들의 가족들을 위해 에버랜드에서 캠프를
열었던 때가 있었습니다. 그분들의 소원은 아마도 건강이었을 것입니
다. 무언가를 해야 한다는 간절함, 그것이 몸과 마음을 움직이게 합
니다.

#이상한 일

제가 사는 동네 근처에 법원검찰청이 있고, 그 인근에 초등학교가 있습니다.

저는 초교 앞 인도를 걸을 때마다 보도블럭이 울퉁불퉁해서 넘어질 뻔 하거나 자전거를 타다가 넘어지는 사람도 자주 봤습니다.

그렇게 10여년이 지났는데 아직도 초교 앞 보도블럭은 한 번도 교체된 적이 없어 상태는 더욱 안 좋아졌습니다.

그런데 이번 주부터 법원검찰청 앞 멀쩡한 보도블럭 교체공사를 하고 있네요. 전에도 한 번 교체했었는데요.

보도블럭의 불량 상태가 더욱 심각할 뿐만 아니라 보행 시 어른들 보다 어린이들이 더 위험해서 초교 앞 보도블럭을 먼저 교체해야 할 텐데 말입니다.

초교 앞 인도는 길도 더욱 좁고 길거리 청소도 잘 안하던데, 관할 구청이 다르지도 않던데 말입니다.

연말에 이상이 없는 보도블럭을 교체하
는 것도 정말 어처구니가 없었는데, 정작
교체해야 할 곳은 방치하고 교체하지 않
아도 되는 곳을 한 해의 절반도 안 지났
는데 돈을 들여 공사를 하다니.

저는 이런 게 참 이상합니다.

그리고 화가 납니다.

이런 것도 어떤 무엇이 작용해서 하게 되는 것일까요? 우리 사
회 곳곳에는 이렇게 이해할 수 없는 일들이 너무 태연하게 일어나는
경우가 흔히 목격됩니다. 나랏돈 쓰는 것에 내 것처럼 세심하게 살피
고 관심을 가지지 않기 때문입니다. 비정상적인 것이 정상이 되는 세
상을 절실하게 바라봅니다.

#낙엽을 밟으며

일찌감치 꽃잎들을 떠나보내며
당신에 대한 기억들도 잊으려 했지만,
잊혀 지지가 않았습니다.

이제 잎사귀 떨구며
당신을 잊겠다고
맹세하지만,

바스락바스락
발길에 밟히는
낙엽 소리에 깜짝 놀라
파란 하늘을 봅니다.

아, 어찌하면 당신을 잊고
살아갈 수 있을까요.

작은 소망마저도 상대적인 욕심일 수 있어서 마음을 비웠다고
생각했는데 다시 들여다보니 마음속에서 떠나지 않았음을 알았습니다. 소망이 생각처럼 이루어지지 않는 것에 조바심 내지 않고, 아무일도 일어나지 않는 평범한 일상에 감사하고 싶습니다.

#통화

말이 통하지 않는
사람과의 통화는
대체로 길어지고

말이 통하는
사람과의 통화는
간단히도 가능합니다.

말이 통하지 않는
사람과의 통화는
몹시 피곤하고

말이 통하는
사람과의 통화는
상쾌합니다.

저는 오늘 극과 극의 두 사람과 통화를 했고, 대체로 길어진 통화로 몹시 피곤했는데 간단한 통화로도 상쾌해질 수 있었습니다. 짧은 대화로도 상대방의 생각을 알아차리고, 상대방의 입장을 고려하고 배려해 주신 그 분께 감사드립니다.

#아무튼 열심히 살기로 했다

주말 내내 방 한 칸을 정리하면서 의식
자체의 변화보다는 주변 물질의 변화를
통해 의식을 변화시키는 것이 훨씬 빠르
고 확실하다는 것을 깨달았습니다.

그럼 어떻게 할 것인가.

의식의 변화와 물질의 변화,

두 가지 다, 병행 추진하는 것입니다.

생각과 행동은 다른 차원이라고 할 수 있습니다. 생각이 추상적
인 것에 가깝다면 행동은 구체적이라 하겠습니다. 구체적인 행동들이
추상적인 생각을 리드할 수 있습니다. '하마터면 열심히 살 뻔했다.'
라는 책 제목도 있던데, 저는 이렇게 하기로 합니다. '아무튼 열심히
살기로 했다.' 저에게는 이것이 맞습니다.

#행복은 내 안에

시간이 흘러갈수록 더 분명해집니다.
행복은 내 안에 있다는 그 말씀.

그 누구도 빼앗아 갈 수는 없지요.
행복은 내 안에 있으니까요.

필요할 때 그것을 꺼내면 됩니다.
행복은 내 안에 있으니까요.

알면서도 잘 안 되는 것이긴 합니다. 그래도 우리는 내 안에
있는 행복을 꺼내는 연습을 계속해서 반복적으로 하면 됩니다.

#우정

많이들 그렇겠지만 저 역시 제 상황이
좋을 때보다는 안 좋을 때를 기준으로
이 사람이 진정 나의 벗인가 판단하게
됩니다.

그러다 보니 많은 친구들, 선후배 등이
있지만 남는 사람은 손가락으로 꼽을 정
도네요.

그러나 어쩌면 저도 그들의 손가락에 들
어가는 사람이 아닐지 모릅니다.

그러기에 그들에게 부담을 주는 안 좋은
상황은 알리지 않고 혼자 해결하기 위해
애씁니다.

기쁨은 나누기 쉽습니다. 그러나 어려움은 나누기 어렵습니다.
특히 경제적인 문제라면 더욱 그렇습니다. 이해할 수 있습니다. 저도
그러하니까요. 그래도 우정은 어려울 때도 함께 하는 것입니다. 경제
적인 어려움도 함께 할 수 있다면 정말 좋겠지만 그럴 수 없더라도
서로 이해하고 함께 하는 것이 친구입니다.

#믿음

저는 대체로 긍정적인 삶을 살고 있으나 살아갈수록 인생은 또 대체로 험난하다는 생각도 듭니다. 그 중심에는 '사람'이라는 물음표가 있습니다. 인간관계를 굳게 연결해 주는 것은 무엇일까요? 돈으로 가능할까요? 사랑만으로 가능할까요? 그것은 '믿음'이라고 생각합니다.

믿음에 금이 가기 시작하면 그 관계는 돌이킬 수 없는 길을 가게 됩니다. 그러나 믿음이 쌓이고 또 쌓이면 평생을 함께 할 수도 있습니다. 사람과 사람 사이에서 믿음을 쌓으려면 정직해야 합니다. 약속을 잘 지켜야 합니다. 내 자신과의 관계도 마찬가지입니다.

⋮

믿음, 그것만이 '인간관계'와 '나의 내면과의 관계'로 이루어진 내 삶을 행복하게 할 수 있는 지름길입니다.

#믿는다는 것

요즘 저의 관심사는 믿는다는 것입니다.

어쩌면 서로 믿고 믿지 못하는 것 때문에도 사람들과의 관계에서 희로애락이 생의 전반에 걸쳐 넓게 포진되어 있을진대, 제 생각에는 생의 후반으로 갈수록 이 문제는 더욱 미묘해지는 듯합니다.

어떻든 그런 가운데 오늘은 제 지인분께서 언젠가 제가 추천해드린 물건을 샀다고 저에게 보여주시며 괜찮더라고 말씀하시면서 미소 짓는 것이었습니다.

그것이 왜 이렇게 기분이 좋은지 모르겠습니다.

❖

제가 가진 것들을 진심으로 주었는데도 진심을 몰라주는 것 때문에 괴로운 날들이었는데 이 한 사람의 어쩌면 사소한 일상이 저에 대한 믿음에서 비롯되었다는 것이 저에게 이다지도 큰 희망이 될지 몰랐습니다. 별것 아닌 것인데도 저를 믿어주신 그분께 감사드립니다.

#과정의 중요성

올바르지 않은 과정에 좋은 결과와 올바른 과정에 좋지 않은 결과, 둘 중에서만 골라야 한다면 저는 후자입니다.

올바르지 않은 과정은 어떤 식으로든 정당성이 확보될 수 없고, 그것은 결국 좋지 않은 또 다른 결과를 낳습니다.

올바른 과정은 비록 당장은 좋지 않은 결과를 낳는 일이 있더라도 적어도 떳떳할 수 있고, 결국에는 새로운 좋은 결과를 만드는 기초가 됩니다.

※

올바르지 않은 과정으로 당장의 좋은 결과를 만드는 사람들이 있습니다. 그러나 그들은 결국 좋지 않은 여러 가지 문제들을 만들어 냅니다. 그래서 과정은 매우 중요하고, 정말 중요합니다.

#마음을 얻는 법

때로 자기 시간을
내어주는 것.

때로 자기 공간을
내어주는 것.

때로 자기 지갑을
열어주는 것.

이러한 것들이
쌓이고 쌓이면,

누군가의 마음을
진정으로 얻을 수
있습니다.

∴

　내가 가진 것들을 내어 놓지 않으면 얻을 수 있는 것은 없습니
다. 내가 가진 것을 기꺼이 내어 놓을 때 마음의 문은 열립니다.

#꿈 1

신림동에서 우연히 만나 함께 공부했던
중고교 동창 친구와 수년 만에 연락이
닿아 통화를 했습니다.

둘 다 고시 공부를 했는데 지금은 둘 다
다른 길을 걷고 있습니다.

통화 내용은 그 때 꿈을 이루지 못한 아
쉬움은 있지만, 살아 보니 그 꿈이 뭐 그
리 대단한 것은 아니었더라는.

진정한 행복을 그때 깨달았다면 좀 더
일찍 다른 길을 가기 위해 노력했을 것
이라는 것과 지금 우리는 그래도 행복하
지 않은가 하는 것이었습니다.

❧

　　꿈 없이 살아갈 수 있을까요? 지금 이 순간도 우리는 저마다
크고 작은 꿈이 실현될 그날을 꿈꾸기에 하루하루를 살아갈 수 있습
니다. 그러나 꿈의 실현을 위해서 오늘이 희생만 되어서는 아니 되겠
습니다.

#꿈 2

꿈속에서 그곳으로 가는 길을 보았네.

아무도 알려주지 않은 길, 그 길을 따라
가다가 또 다른 꿈과 마주쳤네.

길과 길이 만나고 나무와 나무가 이어지
는 그 속에서, 꿈과 꿈도 또 다른 꿈으로
이어지고,

꽃길 같은 꿈길, 그 끝은 알 수 없었고
보이지 않았지만,

눈동자와 발바닥에 힘을 주지 않아도 걸
을 수 있어서 그것만으로도 행복했다.

꿈은 '잠자고 있는 동안 뇌의 일부가 깨어있는 상태에서 기억이
나 정보를 무작위로 자동 재생하는 것.'이라고 사전에서 정의합니다.
좋은 꿈을 꾸도록 평소에 좋은 기억과 좋은 정보를 머릿속에 많이
저장해 두어야겠습니다.

#서점 가는 길

점심식사 간단히 먹고 아이가 부탁한 책
을 사러 서점 가는 길입니다.

저는 이 순간이 참 행복합니다. 부족한
아빠에게 아이가 부탁해줘서 고맙고 그
것을 할 수 있어서 정말 행복합니다.

책을 샀습니다. 책장을 넘겨보니 분명 학
교 다닐 때 공부한 것들인데 몇 장을 보
다가 아는 것보다 모르는 게 너무 많은
것 같아서 덮도록 하겠습니다.

그래도 저는 행복합니다. 아빠가 사준 책
으로 공부하는 아이의 모습을 상상하니
그것이 참 고맙고 정말 행복합니다.

❖

'네가 지금 해야 하는 공부가 네가 소망하는 삶을 찾고 그것을
찾아가는데 중요한 단서 혹은 열쇠가 될 수 있다고 생각해. 또 그렇
게 되길 기도하고 응원할게.' 아이에게 좋은 말을 해주고 싶은데 더
좋은 말이 생각 안 나서 마음속에 간직해 봅니다.

#행복은 안하는 것일 뿐

고향을 떠나 혼자 살 때 일이었습니다.

새벽녘에 옆구리가 너무 아파 잠에서 깨어나 뒹굴기 시작했습니다.

그 때 당시에는 꼭 죽을병에 걸린 것만 같았습니다.

가장 먼저 고향에 계신 부모님 생각이 났습니다.

그러나 부모님께 그 시간에 전화를 드리면 놀라시고 걱정만 끼칠 뿐 방법은 없을 테고 형제들도 친구들도 오밤중에 전화한들 방법이 있겠나 싶어,

옆구리를 움켜쥐고 거리로 나와 택시를 타고 대학병원 응급실로 갔습니다.

모두가 잠든 새벽녘의 응급실에는 차마 눈 뜨고 보기 힘든 상황도 펼쳐지고 있었습니다.

그 광경을 보는 것만으로 죽을 것만 같
이 아팠던 옆구리는 이내 진정이 되는
듯했습니다.

응급실에 누워서 치료받는 잠깐의 시간
동안 이 곳을 빨리 나가고 싶다는 생각
과 함께 나가게 되면 감사한 마음으로
살아야겠다고 다짐했습니다.

그리고 행복이란 게 그리 대단한 게 아
니란 것도 깨달았습니다.

．．

그때 응급실에서 지옥이 이렇지 않을까 생각했습니다. 응급실
밖이 천국처럼 느껴졌으니까요. 요즘도 삶이 버거울 때면 그때 응급
실에 갔던 기억을 떠올리거나 가끔은 일부러 응급실에 가보고는 합
니다. 행복은 못 하는 게 아니라 스스로 안 하는 것입니다. 우리는
무엇이든 못 하는 게 아니라 안 하는 것일 뿐입니다.

'행복은 멀리 있지 않다. 마음속에 있다.'
라고 흔히 말합니다.

저도 깊이 동감하며 요즘엔 그것을 더욱
잘 깨닫습니다.

그러나 행복이 마음속에 있다고 해서 자
기만족만을 추구하면 아니 될 것입니다.

자기만의 만족으로 인한 행복이 다른 이
에게는 큰 고통이고 큰 불행이 될 수 있
기 때문입니다.

자기만족을 위해 다른 이에게 큰 고통과 큰 불행을 가져다 준
악의 무리에게 엄벌이 내려지길 기도합니다. 전쟁으로 고통 받는 사
람들에게 평화가 하루 속히 찾아오기를 간절히 기도합니다.

#주말 운전

저는 주로 주말에 운전하는데 이 시간이
저는 참 행복합니다. 나 혼자만의 공간과
시간 속에서 내 마음대로 운전대를 돌리
면 내가 원하는 곳으로 데려다주기 때문
입니다.

세상에 내 뜻대로 되는 일이 그리 많지
않은 까닭에 이 느낌은 상당한 행복감을
줍니다. 오늘은 차량이 다니지 않는 한적
한 곳을 찾아 주차하고 운전석을 뒤로
젖히고 낮잠을 잤습니다.

아, 잠깐의 수면이 꿀맛 같습니다. 다시
달립니다. 말이 필요 없습니다. 내 마음
먹은 대로 달립니다.

⁘

행복은 숨어있지 않고 삶 곳곳에 그냥 존재하고 있습니다. '숨
은 그림 찾기 하듯 삶을 살지 말자.'고 다시 한 번 다짐합니다.

#행복이란

매우 바쁜 일주일을 보낸 이후의 주말이
라서 그런지 너무 달콤합니다.

뭐 굳이 집 밖으로, 세상 속으로 들어가
지 않아도

그냥 집에서 아내와 아이와 함께하는 평
화로운 이 시간과 공간만으로,

저는 너무 행복합니다.

행복은 언제나 내 마음속에 있습니다. 그렇다고 나 혼자만의 행
복이 되어서는 안 됩니다. 함께 행복해야 합니다.

#불행의 시작

저의 경우 지하철 출근길에 한 번의 환승은 언제나 1-1번 칸이 가장 빠른 위치입니다. 그런데 모두가 저와 비슷한 처지인지 이 칸은 항상 붐빕니다.

1-1번 칸이 아니라면 책을 읽을 수 있는 여유도 있다는 것을 구태여 깨닫습니다. 플랫폼에 들어서자마자 지하철이 들어오는 바람에 5-1번 칸에 타야 했는데 타고 보니 너무나 편안합니다.

1-1번에서 5-1번 칸까지 거리는 50미터도 안됩니다. 이 거리와 시간을 좁히려 했던 보잘 것 없는 욕심이 어쩌면 작은 불행의 시작이었을지 모릅니다.

행복해지기 위해 가장 간단한 방법은 욕심을 내려놓는 것입니다. 그렇지만 그것이 인생에서 가장 어려운 것일 수도 있습니다. 이 수수께끼를 풀 수 있을 때 우리는 진정한 행복의 세계로 진입할 수 있습니다.

#항복

스마트폰에 '행복'을 입력하려다가 '항복'
이라고 오타를 냈습니다. 그런데 그러고
보니,

"행복은 항복하는 것이구나. 나와 생각과
행동이 다른 사람을 인정하기 위해 내
안의 또 다른 나에게 항복하는 것."
"거친 세월을 이겨내려고 세상과 대적하
는 것이 아니라 세월과 세상을 인정하기
위해 내 안의 또 다른 나에게 항복하는
것."
"이것이 성공이다 하며 그럴듯한 목표
속에 자신을 구겨 넣는 것이 아니라 끝
없는 욕심에서 벗어나기 위해 내 안의
또 다른 나에게 항복하는 것."

⁙

그리하여 행복은, 항복하고 항복하여, 내 안의 또 다른 나마저
도 결국에는 내려놓는 것입니다.

#이발하는 날

저는 한 달에 한 번 정도 이발을 하는
데 남성 전문 미용실을 이용합니다.

이발소는 손질 방식이 시대의 흐름을 못
따라가는 것 같아 고향을 떠난 이후로는
가 본 적이 거의 없고,

미용실은 머리 감을 때 천정을 바라보고
눕는 게 어색해서 발길을 끊은 지 좀 되
었습니다.

오늘은 늘 이용하던 곳으로 이발하러 갑
니다. 손질 방식도 그런대로 괜찮고, 무
엇보다 머리는 직접 감으면 되니까 마음
이 편안합니다.

⠿

날씨가 참 좋습니다. 오늘은 퇴근하면 이발을 할 것입니다. 이발
기계 소리와 가위 소리 들으며 잠깐 눈을 감고 잘 것입니다. 저는 그
순간이 오늘 날씨만큼이나 참 좋습니다. 행복이란 무엇일까요.

#행복은

먼 곳에 있지 않고
큰 것에 있지 않고

높은 곳에 있지 않고
넓은 것에 있지 않고

깊은 곳에 있지 않고
많은 것에 있지 않고

보이는 곳에 있지 않고
보이는 것에 있지 않고

오직 하나,

내 마음속에 있습니다.

　계속해서 이것을 깨달을 때마다 세상 속을 살아가는 것이 쉽지 않으면서도, 마음만 먹으면 언제든 세상 속을 벗어날 수도 있습니다.

#선택

행복은 찾아다니는 것이 아니라,
그냥 선택하면 되는 것입니다.
마음속에 있기 때문입니다.

모두가 잠이 든 깊은 밤,
또다시 이것을 깨닫습니다.

그러므로 나는 행복합니다.
마음속에 있는 그것을 선택했으니까요.

행복은 뭐 그리 거창한 게 아니란 걸 알
기에 선택도 수월하니까요.

⠿

　　이렇게 행복에 대해 말하고 있지만 사실 현실 속에서 행복이라는 말은 사랑이라는 말처럼 잘 사용하지 않습니다. 마찬가지로 행복을 찾아다니는 경우도 흔치 않습니다. 그러나 말로 하지 않지만 우리는 모두 행복을 바라고 있습니다. 냉정한 현실 속에서도 행복은 선택에 달렸다고 감히 말해 봅니다.

#영원한 내 편

마감일이 닷새도 안 남았는데 목표량의
반의반도 채우지 못하는 성과 때문에 후
배와 종일 씨름하다가 하루가 다 지나가
고 서로에게 상처만 남긴 듯 찝찝한 금
요일 퇴근길 지하철에서,

'내가 왜 이렇게 살고 있는 거지?' 하고
내게 묻는 순간, 갑자기 울컥 올라오는데
문자메세지 한 통 날아옵니다.

"삼겹살에 막걸리?"
아내입니다.

"우와, 감사합니다."
즉시 대답했습니다.

⁘

어떻게 내 마음을 알고 있었을까요? 참 고마운 사람입니다. 영원
한 내 편.

저는 요리보다는 설거지를 좋아합니다.

설거지는 특별히 재주가 없어도 할 수 있고, 제가 원하는 속도로도 할 수 있고, 끝내고 나면 제 복잡한 마음도 깨끗이 씻어낸 것 같아 상쾌합니다.

한편, 요리는 내 맘대로 하거나 일정한 시간을 기다리지 않고 하면 맛이 안 나고 아까운 재료를 다 망치게 됩니다.

그래서 제게 요리란 언젠가는 해결해야겠지만 굳이 맞닥뜨리고 싶지 않은 숙제처럼 느껴질 때가 많습니다.

그런데 요리를 잘하고 나면 온 가족이 맛있게 먹을 수 있으니, 그것이야말로 최고가 아닐 수 없습니다.

일요일 저녁식사, 늘 요리를 거의 망치는 제가 오늘은 비록 밀키트이지만 불고기를 해 보았습니다.

재료를 넣고 볶기만 하면 되는데 그것도
쉽지는 않습니다.

그래도 밀키트라서 그런지 맛있게 만들
어졌습니다.

그렇게 가족들과 함께 행복한 저녁 식사
를 합니다.

설거지도 당연히 제가 합니다.

좋아하지 않는다고 해서, 혹은 잘 하지 못한다고 해서 할 수
있는 일이나 해야 할 일을 하지 않으면 나아질 것은 없습니다.

#친구의 전화

야근하는데 종종 문자메시지로 소식을
주고받았던 대학 친구에게서 전화가 왔
습니다. 퇴근길 운전 중이라면서 가끔은
이렇게 전화로 목소리라도 들어야 하는
것 아니냐며.

십여 분의 통화 속에는 세상 모든 것이
담기는 듯했습니다. 직장 이야기부터 친
구 소식, 가족 이야기, 학창 시절의 추억,
현재의 모습, 알 수 없는 미래.

아쉽게 전화를 끊으면서 친구가 있어 다
행이라는 안도감이 자리 잡습니다.

"고맙다. 친구야."

⁑

인간은 너무 멀지도, 너무 가깝지도 않은 적당한 소통이 필요합
니다. 어려운 상황에 움츠러들 때 담장 뒤로 숨어버리지 않고, 화려
한 날들에 교만하지 않으며, 나를 사랑해 주는 사람들에게 나도 너를
사랑하고 있다고 적절하게 신호를 보내야 합니다.

#가을 산책

떨어진 낙엽을 따라 걷다 보니 커다란
은행나무 아래에 다다랐습니다.

나뭇잎에 가려졌던 나뭇가지들이 고스란
히 모습을 드러내니 한여름 울창했던 숲
은 그 뒤에서 늘 이 나뭇가지들이 지탱
하고 있었기 때문이란 걸 새삼스럽게 깨
닫습니다.

자식들 키워낸 부모님들처럼 자랑스럽기
도 하고 쓸쓸해 보이기도 합니다.

다시 낙엽 따라 걸어온 길의 반대편 낙
엽을 따라 걷습니다.

❖

진리는 이미 우리가 알고 있는 것들에서 차고 넘칩니다. 그런데
세상 속을 살다보면, 현실 속을 살다 보면 이 사실을 잊고 살아가게
됩니다. 그래도 우리는 끊임없이 진리에 대해 생각하려고 노력해야
합니다. 우리가 가야할 길이 혹여 어둠뿐일지라도 진리는 어둠을 밝
게 비춰주기 때문입니다.

#고백 1

나는 계절 없이 떨어지는 빗줄기 소리를
좋아합니다.

나는 나뭇잎을 살짝 스치고 가는 바람
소리도 좋아합니다.

나는 이른 아침 창밖에서 지저귀는 새
소리도 좋아합니다.

그리고 무엇보다도 나는,

아이든 어른이든 꾸밈없이 밝게 웃는 웃
음소리를 가장 좋아합니다.

❖

당연하지만, 좋아하는 것과 함께 할 때 우리는 행복합니다.

#고백 2

쓸데없는 잡담의 무리에 끼고 싶어 한
적 있습니다.

그 무리에 속하지 않으면 왠지 왕따가
되는 것 같아서,

물과 기름처럼 어색한 줄 알면서도 그
속에서 있으려고 한 적 있습니다.

그러나
이제는 나의 마음을 향할 뿐입니다.

세상이 나를 알아주지 않는다고 마음 졸일 필요 없습니다. 남이
나를 알아주지 않는다고 걱정할 필요 없습니다. 내가 나를 알아주는
것이 가장 큰 사랑이니까요. 가장 큰 행복이니까요.

#환승역에서

딱히 여러 길이 있는 것은 아니다.
그렇다고 무시하고 싶지도 않다.

사랑도 갈아타고 우정도 갈아타고
사람도 갈아타고 마음도 갈아타는
초고속 시대.

내 삶의 정거장 어느 한 곳쯤
환승역 있어
한 번쯤 갈아탈 수 있다면,

그 때,
그 곳,
나에게로
달려가고 싶다.

·:·

4차 산업혁명이라는 이름이 등장한 이후 세상은 더욱 급속도로 변화하고 있습니다. 사람들도 한 방향을 향해서만 급속도로 변화하는 느낌입니다. 남녀노소 할 것 없이 많은 대부분의 사람들이 변화의 흐름을 쫓아 살고 있습니다. 그러나 그것이 능사가 아닙니다. 4차 산업혁명이 아니어도 우리는 충분히 행복했습니다.

#비 오는 출근길

저는 비 오는 날을 참 좋아합니다. 그중
에서도 잔잔히 비가 내리는 아침은 최고
입니다.

흐린 하늘이 어둡게 느껴질 수 있지만,
비 오는 날 아침부터 유난을 떨거나 나
대는 사람은 대체로 볼 수 없습니다.

평소에는 보이지 않았던 건물의 간판이
나 길가의 사물들, 그리고 아직 꺼지지
않은 조명들이 눈에 잘 들어옵니다.

무엇보다 모두가 비를 피하고자 우산 아
래 몸을 숨기고 차분하게 세상을 걷고
있는 모습이 참 좋습니다.

비 오는 날에 외출을 하려면 대통령도 노숙자도 우산을 쓰거나
비옷을 입거나, 아니면 그냥 비를 맞는 방법밖에 없습니다. 저는 그
것이 좋습니다.

#작은 씨앗

'하찮은 성공'이라는

작은 씨앗을 소중히 키우면

'하찮지 않은 성공'에

이를 수 있습니다.

하찮지 않은 성공을 꼭 생각해서가 아닙니다. 하루하루의 작은 일상에서 작은 성공을 이뤄나가는 기쁨은 행복이라는 이름으로 다가 옵니다. 그리고 그것은 인생에 있어 언젠가 진정한 성공의 의미가 무 엇인지도 깨닫게 해 줄 것이라고 믿게 합니다.

대전에 사는 고교 동창이 서울 출장 왔다고 비가 주룩주룩 내리는 데 우산까지 쓰고 찾아왔습니다. 고마운 녀석입니다. 근무 시간이라 카페에서 커피 한 잔 마시면서 오랜만에 얼굴 한 번 봤습니다. 참 신기합니다. 고교 때 처음 만나고 오랜 시간이 흘렀는데 서로 하나도 변한 것이 없게 느껴지니까요.

친구를 지하철역까지 바래다주면서 우린 서로 마음 편하게 연락할 수 있는 환경의 어른이 되었다는 것에 감사했습니다. 언제가 될지 모르지만, 대전으로 가든 서울로 오든 저녁에 만나서 더 많은 이야기하자고 약속하며 헤어졌습니다.

친구에게서 대전에서 터 잡은 많은 친구 소식을 들었습니다. 잘 사는 친구들 소식은 반갑고도 비교적 정확하게 들을 수 있었는데 잘 못 사는 친구들 소식은 어떻다더라는 소문으로 들었다고 하였습니다. 친구와 제가 말하는 잘 살고 못 사는 기준은 인간성과 도덕성 기준입니다.

#행복 추억

빗소리만 들어도 가슴이 뛰어 우산도 없
이 세상 속을 비를 흠뻑 맞고 뛰어다니
던 때가 있었다.

전깃줄에 맺히는 빗방울은 어두운 하늘
에 보석처럼 빛나고, 시야를 가리는 빗줄
기는 시처럼 노래처럼 온몸을 휘감아

더 이상 그 무엇을 그리워하지 않아도
될 만큼 기쁨도 슬픔도 감싸 안아서 냇
물로, 강물로 흘러 들어갔다.

다시 비가 되어 내릴 날이 언제일지 모
르지만 함께 했던 순간만으로도 행복했
던 날, 비 오는 날.

❖

빗물은 눈물처럼 우울하기도 하지만, 빗물은 눈물까지도 감싸
안을 수 있어서 비 오는 날은 행복할 수 있습니다.

#해바라기

출근길 고교 교정의 작은 언덕 위
소나무와 잡초 사이 중간쯤에
나란히 모인 해바라기 꽃들이
싱글벙글 합창을 합니다.

동그란 얼굴은 동서남북
어느 곳에서 봐도 늘 함박웃음입니다.

작은 바람에도 쓰러질 듯
가녀린 몸으로 하늘로 향한
커다란 얼굴을 잘도 지켜냅니다.

출근길 따라 길게 늘어선
노란 해바라기 합창 소리가
매미울음 소리보다 더 크게 들립니다.

⠿

늘 다니던 길이었는데 오늘 처음 해바라기의 존재를 인식하게
되었습니다. 우리 곁에 가까이 있지만 그냥 지나쳤던, 그러나 소중한
것들을 생각합니다.

#기쁨

작년 이맘때쯤 우리 회사의 인턴으로 와
서 6개월간 근무했던 대학생에게서 연락
이 왔습니다.

졸업하고 준비 끝에 은행에 입사하게 되
었는데 경력증명서를 챙기다 보니 지금
이 작년 인턴으로 입사했던 때라 제가
생각나서 연락했다고 했습니다.

밝고 긍정적이었던 학생이었기에 조금이
라도 도움이 될까 싶어 제 딴엔 참 많은
조언을 했고, 기억에 오래 남아서 소식이
궁금했는데 연락이 오다니.
'내 진심을 알고 있었구나.'
그렇게 기쁠 수가 없었습니다.

　　　상대방에게 진심을 다했으므로 그것으로 되었다고 생각했는데,
그 마음을 상대방이 알아주니 이것이야말로 기쁘지 아니할 수가 없
습니다. 후배의 입사를 축하하고 행복과 행운이 함께 하기를 마음을
다해 바라봅니다.

#식사 약속

사람들과 만나다 보면 식사 약속을 하는 사람들이 많습니다. 대부분은 '언제 밥 한번 같이 먹자.'고 하고서는 벌써 몇 년이 지났는지 모릅니다.

그런데 지금도 연락이 닿으면 '조만간 식사 한번 같이하자.'고 합니다. 저는 이제 그냥 친근감의 표시 정도로만 여깁니다.

그런가 하면 연락하는 즉시 식사 약속을 잡는 사람이 있습니다. 이 사람은 저한테 '언제 밥 한번 먹자.'고 말하지 않습니다. 바로 약속부터 합니다. 정말 대단한 사람입니다.

저는 이 두 사람의 중간쯤에 해당하는 것 같습니다. 정말 밥 한번 같이 먹어야 할 때는 약속부터 잡았고, 호감을 좀 더 나타내야 할 때는 '언제 식사 한번 같이하자.'고 했지만 실제 식사까지 이어지기까지는 상당한 시간이 걸리거나 그보다는 그러지 못한 경우가 더 많았습니다.

생각해 보니 다른 대부분 사람도 마찬가
지 아니었을까요.

이제부터는 '언제 밥 한번 같이 먹자.'는
말 대신 '몇 월 며칠 몇 시에 밥 같이 먹
을 수 있냐.'고 물어봐야겠습니다.

그리고 식사 약속 날짜부터 바로 잡고
싶은 사람이 되어야겠습니다.

가능한한 말입니다.

오랜만에 연락이 닿은 옛 직장 상사님은 언제나 식사 날짜부터
잡자고 하십니다. 지금은 임원이 되어 바쁘신 데도 변함없이 그렇게
하십니다. 저는 그 분을 매우 존경합니다.

#경진대회 심사

점심식사 시간 제외하고 하루 내내 대학생 봉사활동 경진대회 면접 심사를 했습니다. 코로나 때문에 화상 면접이긴 했지만, 우리 학생들 하나같이 말도 잘하고 똘망똘망해서 감탄사 연발이었습니다.

'우리 대한민국의 장래는 밝구나, 이런 청년들이 우리나라의 미래를 열어갈 것이라고 생각하니 정말 다행이다.'

종일 심사하느라 허리가 아플 정도였지만 남을 도울 줄 알고 자신 또한 성장시킬 줄 아는 이런 멋진 청년들이 있다는 것이 너무 기쁘고 감사했습니다.

이 청년들을 위해 기성세대들은 더욱 각성하고 더 좋은 세상을 물려주기 위해 노력해야 할 것입니다.

#해법

바람이 불면
바람이 불어오는 곳을 향해 가라.

파도가 치면
파도 속으로 헤엄쳐 들어가고,

눈보라를 만나면
눈보라 속으로 뛰어 들어가라.

모든 시작은 그 속에서 있었나니,
가라, 그 곳으로.

그 곳에서만이 마침표를 찍을 수 있다.

　살아가면서 맞이하는 많은 어려움 앞에서 여러 가지 이유나 그럴듯한 핑계로 회피하고 싶을 때 있습니다. 그러나 결국엔 정면승부입니다. 무모한 게 아닙니다. 무식한 게 아닙니다. 할 수 있다는 것입니다. 해내겠다는 것입니다. 간절한 것입니다.

#숲 해설가

계남산 숲 해설가가 물었습니다.
"산을 오르다가
여러 갈래 갈림길을
만났을 때는
어떡해야 하나요?"

"물이 흐르는 곳을 찾아갑니다."
"남쪽으로 갑니다."
"이정표를 보면 됩니다."
그럴듯한 답변들이 나왔습니다.

계남산 숲 해설가가 말했습니다.
"목표가 분명하면
문제 될 것이 없겠지요."

﹕

이정표만 찾다가 정작 목표를 망각하는 어리석음을 범하지 않기 위해 목표를 잊지 말아야겠습니다.

#선물

오후 업무 시간이 깊어질 때쯤 옆 부서
선배가 불쑥 책 한 권을 내밉니다.

주말에 책 정리하다가 이 책은 저에게
주고 싶어서 가져 왔다고 하면서, 그야말
로 불쑥 내밀고 갔습니다.

바쁜 업무에 여러 가지로 복잡하게 얽혀
스트레스가 심했는데 책을 펼치자, 완전
새로운 세계로 빨려드는 것 같았습니다.

어쩌면 저를 생각해서 책을 선물해 준
선배에 대한 고마움이 커서 책 속으로
쉽게 녹아들어 갔는지도 모르겠습니다.

사람에게서 실망도 느끼고 사람에게서 희망도 얻습니다.

#선배

지난주부터 업무 관련 유사사례를 발굴
해야 하는데 예전 회사 동기들과 선후배
들에게 다 연락했지만, 결정적인 자료 제
공에서는 난감해 하였습니다.

절실한 상황이었기에 다소 구걸하다시피
되었습니다. 아쉬우니 어쩌겠습니까.

그러나 결국은 서로 다소 불편하게 상황
은 종료되었습니다.

저는 반드시 목적을 이뤄야 하는 상황이
라 오랜 시간 동안 연락 한 번 제대로
한 적이 없었지만,

높은 자리에 있는 대학 선배에게 불쑥
전화해서 사정을 애기하고 도와달라고
했습니다.

그 결과 한 방에 해결이 되어 버렸습니
다. 선배는 이것저것 묻지 않고 전화 한
통화에 그냥 해결해 준 것입니다.

선배와 저는 대학 때 같이 얼굴 본 적도
없습니다. 같이 근무할 때조차도 같은 대
학 나왔다는 것밖에 특별히 친분도 없었
습니다.

그런데 이렇게 도움을 받고 보니 '이런
건가, 이런 거구나.' 선배에게 감사할 따
름입니다. 앞으로는 선배에게 종종 연락
이라도 드려야겠습니다.

학연, 지연, 뭐 이런 것들이 부정적으로 작용하면 사회적 물의
를 일으키기도 하지만 건전하게 기능하면 사회를 변화시킬 수도 있
다는 생각이 들었습니다. 세상일들을 꼭 한 쪽에서만 바라보지 않고
동서남북, 전후좌우 입장을 두루 고려해야겠습니다.

#삶이란

우리 삶은
공중에 던져진
주사위와 같아서,

살아가면서
원하는 혹은 원치 않는
어떤 상황을 마주할 때,

어떤 것이 좋고
어떤 것이 나쁘다고
할 수 없습니다.

그것은 먼 훗날 이야기할 수 있을 것입니다.

\#위로

어쩌면 세상에서 나를 가장 잘 모르는 사람이 나 자신일 것이고, 세상에서 나를 가장 잘 아는 사람도 어쩌면 나 자신일 것입니다.

다만 정작 나의 마음이 나를 향하지 않고 있기 때문에 우리의 영혼은 자유로울 수 없는 것입니다.

그것은 현실 속을 헤엄쳐야 하는 우리 인생의 굴레일 수 있기에 쉽게 풀 수 없는 것임을 이해합니다.

어쨌든 애쓰며 살고 있는 나에게 매일 위로를 건넵니다.

#생각의 차이

현재를
부정적으로 생각하니,

힘들었던 과거조차
추억처럼 여겨지고.

현재를
긍정적으로 생각하니,

불확실한 미래조차
희망 같아 보입니다.

살아가는 일이 내 맘 같지 않을 때 긍정적으로 생각하라고 너무나 당연하게 많이들 하는 말인데, 역시 그렇게 생각해야 마음이 편안해집니다.

#안개

그리다 말은 수채화처럼
나무도 반쯤
하늘도 반쯤 보이는
안개 속을 걷습니다.

화선지 위에 수묵화처럼
꽃길 사르르
수풀 사르르 스미는
안개 속을 걷습니다.

웅덩이에 고인 물 속에
나도 반쯤 보이는,
나도 사르르 스미는
안개 속을 걷습니다.

모든 것들이 온전한 모습을 드러내지 않은 안개 속처럼 때로 분명하지 않은 현실에 대해 너무 염려하지 않아도 됩니다. 안개는 걷히니까요. 너무 뻔한 말이지만 맞는 말이니까요.

#배려

출근길 지하철 기관사가
중간 중간 방송할 때마다
현재 시각을 알려줬습니다.

손목시계가 없는 나는
스마트폰을 꺼내지 않아도
되었습니다.

⠵

　　무심코 지나칠 수 있는 일에 관심을 가지고 마음을 쓰는 것이 배려라고 생각합니다. 배려하는 사람은, 사려 깊은 사람입니다. 고려하는 사람입니다. 염려하는 사람입니다.

#고양이와 마주치다 1

서점에 갔다 돌아오는 길에 아파트 화단
에 서 있는 고양이와 마주쳤습니다. 고양
이와 저는 미동조차 없이 제법 긴 시간
서로를 응시하고 있었습니다. 예상치 못
한 낯선 만남에 우리는 외길을 놓고 망
설였던 것 같습니다. 결국 제가 먼저 길
을 비켜 자리를 떴고 몇 걸음 지나 뒤돌
아보았을 때도 고양이는 계속해서 저를
바라보고 있었습니다. 부슬부슬 내리는
비를 맞으면서 말입니다.

하루가 지난 지금도 저를 빤히 바라보던
고양이의 알 수 없는 노란 눈빛이 자꾸
떠오릅니다. 다음에는 고양이를 먼저 보
내고 와야겠습니다.

⠿

　우리의 삶은 매 순간이 선택과 결정의 연속입니다. 이번에 아쉬
운 선택과 결정을 했으면 다음에는 아쉬운 선택과 결정을 하지 않으
면 됩니다. 그러면 됩니다.

지난 여름이었던 것 같다. 비가 부슬부슬 내리는 토요일에 집 앞에서 너를 마주쳤던 기억이.

너와 나는 외나무다리에서 만난 것처럼 비켜서지 못하고 한참을 응시하고 있었지. 결국 내가 비켜서 갔지만 난 너의 알 수 없는 눈빛을 잊을 수 없었단다.

너를 다시 만나게 되다니. 어둠이 내려앉은 아파트 나무 숲길 속에서 마주쳤을 때 넌 또 움직이지 않고 나와 마주 섰다. 알 수 없는 그 눈빛, 이제는 내가 비켜가지 않을 것이다. 네가 나를 피해 가라.

⁂

살아가면서 마주하게 되는 어떤 상황에서 현상과는 다른 해석을 하는 것은 때로 엉뚱하기 짝이 없을 때가 있습니다. 그것은 마치 돈키호테와 같다고 할까요? 비록 돈키호테가 될지라도 오늘을 향해 달립니다.

#소망

어느 회사 대표에게서 이메일을 받았는
데 대표의 전자 명함 끝에 이렇게 적혀
있었습니다. '출근할 때 마음이 설레고
퇴근할 때 마음이 가벼운 회사'

그 말이 제법 괜찮아 보여 대표의 동의
를 구해 문구 그대로 출력해서 우리 회
사 벽에다가 붙여 놓았습니다.

이것을 보고 반응하는 사람이 딱 한 명
있었습니다. 그래도 마지막 한 명이 반응
할 때까지 붙여 놓으려고 합니다.

세상은 모두 함께 더불어 살아가는 것이
니까요.

누구보다 제 스스로가 출근할 때 설레는 직장을 만들고 싶어서
이것저것 해보는데 쉽지 않습니다. 그래도 해야 합니다. 세상은 혼자
살아가는 것이 아니니까요.

#순간접착제

두 동강 난 장난감
조각을 붙이니
다시 장난감이 된다.

부러져 버린 우산살을
플라스틱과 이어 붙여
다시 우산이 된다.

금이 간 도자기가
딱 달라붙어 다시 살아난다.

어긋난 길 위로 곳곳에
아픔의 흔적들 있지만,
더 단단히 붙어서
다시 세상 속으로 파고든다.

순간접착제, 웬만한 건 다 붙네요. 아픔의 흔적 위로 더 단단히 붙는 순간접착제처럼 살아야겠습니다.

#일상의 기록

시시한 자격증을 턱걸이로 합격하고 지
난 주말 내내 즐거워하다.

출장길 고속버스에서 잠들었다가 선물로
받은 손수건을 잃어버려 당황하다.

5년 넘게 서로 연락이 없었던 사람들에
게서 한꺼번에 전화를 받고 서로가 변한
게 없음을 알고 무작정 기뻐하다.

녹색불 횡단보도, 우회전 택시가 사람이
건너기 무섭게 엉덩이를 부딪치듯 달려
가고 생명의 위협에서 간신히 빠져나와
보니, '하늘 참 푸르고 높구나.'

⠶

뭐 대단한 삶을 사는 것도 아닌데 하늘 한 번 제대로 바라볼
틈 없이 앞만 보고 살고 있습니다. 부귀와 명예도 흐르는 시간 앞에
서는 먼지처럼 사라지는 것을. 제가 원하는 것은 현실과 이상의 갭을
좁히는 것, 어쩌면 간단한 의식절차로 해결될 수도 있겠으나 저는 현
실적으로 해결하고 싶음입니다.

#살만한 세상

모르는 사람에게 무작정 도움을 요청했을 때 어떤 반응이 일어날까요? 요즘 저는 제 시간과 몇몇 재능을 이용해 할 수 있는 일을 찾기 위해 전혀 모르는 회사 대표나 임원에게 무작정 제 소개서를 보내 할 수 있는 일이 있으면 해보고 싶다고 메일을 보내 보았습니다.

별 기대 안 했는데 제 예상은 어긋났습니다. 적극적으로 통화를 해서 저에게 조언을 해 주는 대표님도 있고 직접 만나자는 이사님도 있어서 만날 수 있었습니다. 용기를 내면 생면부지의 사람에게도 마음을 열어주는 따뜻한 분들이 있어 세상은 살만한 것인가 봅니다.

어느 회사 대표님의 전화를 받았습니다. 전혀 모르는 분인데 제가 보낸 이메일 한 통을 보고 본인 일처럼 여러 가지 조언을 해 주셨습니다. 예상하지 못한 호의에 얼마나 감사했는지 모릅니다. 모르는 다른 사람이 진정으로 도움을 요청할 때, 진심으로 도움을 주신 그 분께 경의를 표합니다.

#꿈의 해석에 관한 의견

정신분석학의 창시자 '프로이트'는 그의 저서 '꿈의 해석'에서 꿈이란 이전의 경험과 생각, 행동이 압축된 무의식의 분출일 뿐, 꿈의 예지력을 부정합니다.

저는 종종 꿈을 꿀 때마다 심란합니다. 그것이 좋은 내용의 꿈이든 안 좋은 내용의 꿈이든 그 꿈이 생생할수록 더욱 그렇습니다. 그래서 저는 프로이트가 부정한 예지력에 대해 다음과 같이 수정·보완 의견을 제시해 봅니다.

꿈이 이전의 경험과 생각, 행동 같은 것들이 모여 무의식의 세계에서 분출된 것이라면 꿈을 계기로 그것을 잘 관리하면 꿈은 예지력을 가진다고도 볼 수 있다는 것입니다.

즉, 좋은 내용의 꿈은 이전의 좋은 경험, 생각, 행동이 무의식도 지배했기 때문이므로 현재의 의식 세계가 매우 좋은 상태라고 볼 수 있고,

혹 그렇지 않더라도 그러한 무의식 상태
의 좋은 에너지를 의식 세계로 끌어 올
린다면 좋은 일까지 생길 수 있다고 생
각합니다.

마찬가지로 나쁜 내용의 꿈은 이전의 나
쁜 경험, 생각, 행동이 무의식을 지배하
여 나타난 것이므로 그러한 무의식의 세
계를 바꿔놓기 위해 의식 세계에서 좋은
경험과 좋은 생각, 올바른 행동을 하여
무의식의 세계를 좋은 상황으로 돌려놓
으면 됩니다.

⁘

　　최근에 연거푸 좋은 꿈과 안 좋은 꿈을 꾸었습니다. 꿈은 의식
세계와 연결된 무의식 세계의 투영, 결론은 의식 세계에서 강인한 정
신과 강력한 체력을 길러 무의식 세계를 지배해야 한다는 것입니다.

#위하여

신의 가르침을 제멋대로 해석하는
바보들의 망상이 초래하는 불의 앞에,

심장이 태풍을 만나 거친 파도를 업고
혈관을 뚫을 듯 거대한 박동 소리를
내뿜는다.

내가 아니어도 당신이 아니어도
심장은 스스로 작동한다.
그것은 신이 부여한 본능적 미션.

정의를 위하여.

우리는 무엇을 위해 살아가고 있는 것일까요. 돈, 권력, 명예,
사랑. 어느 것을 추구하더라도 분명한 것이 있다면 진실하게 살아야
한다는 것입니다.

#봄비

비는 차곡차곡
내려서 어디로
어디로 가나.

세월 흘러도
나는 여기 그대로
멈춰 서 있는데.

하염없이 내리는 비야.
네 발길 따라가고픈,

아무런 준비도 없는
내 꿈도 흠뻑
적셔 주려무나.

⠒

봄비가 옵니다. 잊고 지내던 나의 꿈들도 봄비 되어 내립니다.
아무런 준비도 없으면 아무것도 할 수 없습니다.

#숫자에 대한 견해

어디까지 체크해야 할까.
도처에 깔린 함정들.

서초에서 중곡까지 이동하는 동안
안심하지 말고 더 살펴보아야 했다.

어쩌면 그런 발상 자체가
스스로 만든 올가미였을지 모른다.

다시 한 번 말하지만,
10은 숨이 차다.
11은 건방지다.

우리들 마음 저편까지
가는 데에는 9로 족하다.

❖

넘어섰다고 자만하지 말고, 채우려고 욕심 부리지 말고, 다소 부족한 듯 어딘가 비워놓고 살아야겠습니다. 그 빈 곳으로 자연도 드나들고 사람도 드나들게.

#아프고 나니

건강관리를 잘못한 탓인지 연말이 되자마자 빈혈로 인해 몸을 가누지 못할 정도가 되었습니다.

출근하지 못하고 병원에 갔더니 혈액의 절반 정도가 빠져 나간 상태와 같다는 말을 들었습니다.

입원을 권유하는 의사에게 다른 방법을 물었고, 일주일 정도 집에서 한 발짝도 나가지 말고 누워서 약 먹으면서 안정을 취하라고 했습니다.

그렇게 아파 보니 무엇이 소중한 것인지 더욱 잘 알게 되었습니다.

⠸

어둠이 짙을수록 별이 더욱 빛나듯, 어렵고 힘들 때, 진리와 진실은 더욱 선명해진다는 것을 깨달았습니다.

#부화

부화기에 계란을 넣고 병아리가 껍질을
깨고 나오기를 기다리고 있습니다.

그러면서 삶은 계란도 먹고 계란 프라이
도 해 먹고 있습니다. 지난 주말에는 부
활절 삶은 계란을 여기저기서 갖다 주었
습니다.

다시 부화기 속에 계란을 바라보고 있습
니다. 이런 주변 상황을 부화기 속 계란
이 혹시 알아버린 것은 아닐까, 그래서
안 태어나려고 하지 않을까.

이런 생각을 하면서 아침에 또 삶은 계
란을 먹고 있습니다. 오, 신이시여.

⠶

　　계란을 보면서 생각합니다. 둥글둥글한 것이 얼마나 리스크가
큰 것인지. 그리고 미완성이 가져다주는 것은 가능성이기도 하지만
때론 그것으로 끝이 될 수도 있음을. 그래도 저는 둥글둥글하게 살고
자 합니다.

#비정상에 대하여

바뀔 것 같지 않던
지독한 무더위와
어설픈 가을 더위는,
비정상이 몰고 온
하룻밤 서릿바람에
무너져 내린다.

변화무쌍하여
예측이 힘든
날씨만큼이나
비정상적인 것들이
세상을 뒤흔드니,

멀쩡해 보이던 것도
이내 빛 바래는구나.

주말 내내 어지러운 한국사를 읽어서 그런지 새벽에 잠이 깨어 일찌감치 출근합니다. 권력 쟁탈과 남용은 어느 시대를 막론하고 이어져 왔고 지금도 그러하니 한심하기 짝이 없습니다. 불의와 비정상은 척결되어야 합니다.

#비 내리는 날 1

비록 햇살은 가려져 하늘은 회색이지만
빗물에 젖은 사물들에 윤기가 흐르니 사
물들이 생명의 빛을 입은 모습이다.

젖어가는 보도블록 위를 걷는 내 발자국
은 금세 흔적도 없이 사라지지만 흐린
하늘에 갇혀 멀리 가지 못하고 더욱 뚜
렷하게 들리는 사람들의 목소리처럼 그
때에 대한 기억은 더욱 확실해진다.

'그 무엇도 마음마저 가둘 수는 없다.'

잠시 후면 사라질 한 방울의 빗방울 같
은 이 흔한 깨달음이 오늘도 나를 숨 쉬
게 한다.

⁑

　　비 오는 날 유난히 떠오르는 기억들이 있습니다. 하늘은 먹구름
으로 막히고, 빗줄기는 시야를 가리고, 빗물로 젖어가는 땅바닥이 발
길을 구속하지만, 기억들은 오히려 집중력을 발휘하기 때문입니다.
마음은 천리 밖까지도 나들이를 합니다. 모든 것은 마음에 달렸다는
성현들의 가르침을 되뇌어 봅니다.

#비 내리는 날 2

어젯밤부터 오늘 아침도 계속 비가 내립니다. 저는 역시 비 오는 날이 좋습니다. 맑은 날도 좋고 눈 오는 날도 좋아하지만, 비 오는 날도 좋은 것입니다.

비 오는 날, 여기에서 저기까지 걸어가야 한다면 어떤 사람이든 우산을 쓰거나 비옷을 입거나 아니면 그냥 비를 맞고 걸어야하기 때문입니다.

그토록 세상이 발달하였어도 우산은 예나 지금이나 크게 달라진 것이 없기 때문입니다.

저는 그것이 참 마음에 듭니다.

❖

비 오는 날, 거리를 걸으면 세상 사람들이 대체로 공평해 보입니다. 저는 그것이 참 좋습니다.

#말의 품위

고상한 듯 하지만 그 마음을 알 수 없는 말이 있는가 하면 투박한 듯 하지만 그 마음을 알 수 있는 말이 있습니다.

단어 선택이나 억양, 표정, 목소리의 크기 등에 따라 말은 때로 오해를 불러일으키기도 합니다.

또, 상대방이 받아들이는 생각에 따라 내 의도와는 다른 말이 되기도 합니다.

말의 품위는 고상하고 안 고상하고 같은 것이 아니라 말하는 사람의 진정성에서 결정된다고 생각합니다.

❖

저는 무슨 상처 때문인지 넋을 잃은 듯 허공에 대고 중얼거리는 노숙자의 다소 바보 같은 말의 무한반복에서도 그 진정성을 찾아내고 뭉클했던 기억이 있습니다.

#입추

낮이 조금 짧아진 듯
밤이 약간 길어진 듯
더워도 뼛속까지
더운 것은 아니다.

아지랑이 끝 붙잡고
이 계절 왔듯이
땀방울 끝에
또 한 계절
기다리고 섰으리라.

제멋대로 소나기.
아직은 텁텁한,
그래도 바람.

이러다 단풍 들라
연필 꾹꾹 눌러
편지라도 쓰자.

내세울 것 하나 없이
시간만 흘렀어도
널 잊은 적은 없었다고.

돌아갈 수 없는 세월,
날마다 날마다
혼자서 혼자서
새롭게 새롭게
태어나면 되나니

조만간 낙엽 떨어지고
머지않아 눈 내릴 테니
너에게로 가는 길
다시 밝혀
원 없이 달려 가 보자.

삶은 크고 작은 꿈들을 실현하는 과정입니다. 세월이 흘렀어도 크든 작든 꿈이 사라지는 건 아닙니다. 그래서 우리는 살아갈 수 있는 것입니다.

#사람과 희망

사람들 속을 살아가는
우리는 사람들과 함께 하며
울고 웃습니다.

그러다가 사람으로 인해
마음의 큰 상처를
입기도 합니다.

그것은 울고 웃는 일상의 범주를
벗어나는 것이었기에
더욱 힘겨울 때가 대부분입니다.

그래도 또 다른 사람으로 인해
우리는 울고 웃는 일상을
회복할 수 있습니다.

새로운 사람을 만났습니다. 저에게 새로운 사람이면 상대방도 제가 새로운 사람입니다. 몰랐던 사람을 만나 솔직한 대화를 나누는 것은 쉽지 않은 일인데, 식사를 하고 차를 마시며 가게가 문을 닫을 때까지 많은 이야기를 나누었습니다. 저는 그것이 참 고맙고 감사했습니다. 새로운 사람에게서 새로운 희망을 얻습니다.

#지하철

나에게 지하철은 상징입니다.

도시, 그리고 출근과 퇴근,
많은 사람, 반복되는 일상.
내가 이겨내야 할,
살아내야 할,
삶의 함축.

지하철에서 생각하고
그것들을 글로 표현하면서
도시에서 직장인의 하루하루를
버티고 있는지도 모릅니다.

항상 마음속으로
'할 수 있다.'를 외치며 말입니다.

⠇

　　밤이 되어도 불이 꺼지지 않는 도시의 일상은 자연의 순리와 위로 속에서 살아가는 시골의 일상과는 아주 다릅니다. 그래서 도시를 살아가는 우리는 스스로에게 수고했다고, 잘하고 있다고 늘 응원과 격려를 보내야 합니다.

#인품

인품 있는 사람은,

남과 비교하지 않습니다.
나를 버려두지 않습니다.

인품 있는 사람은,

자기 자신을 사랑합니다.
다른 사람은 존중합니다.

⁙

　　　남과 비교하지 않기 위해서, 나를 버려두지 않기 위해서 지하철 출퇴근 시간에 나에게 주어진 삶을 글로 쓰며 나에게 위로를 건넸습니다. 삶은 나를 사랑하는 것이었습니다. 다른 사람은 존중하는 것이었습니다. 삶에 관한 그 작은 깨달음을 표현해 보았습니다.

#겨울비를 보며

앙상한 나뭇가지 사이로 하얀 하늘이 시
야에 들어온 건 어쩌면 아픔이었다.

뻥 뚫린 하늘 위로 오늘은 비가 내린다.
빗방울은 언제나 위에서 아래로 떨어진
다. 그래서 나는 빗방울을 좋아한다.

이제 빗방울을 구경하기엔 너무 커버린
건 아닌지 망설이다가도 낮은 곳을 향해
기꺼이 온몸을 던지는 빗방울의 용감한
모습에 이끌려 또다시 떨어지는 빗방울
을 바라본다.

그때, 커다란 빌딩 한쪽에선 두툼하게 차
려입은 사람들이 빽빽하게 들어찬 엘리
베이터 안에 몸을 가두고 하늘 높이 올
라가고 있었다.

　　　땅바닥을 향해 온몸을 내던지는 용감한 삶도 있습니다. 끝이 보
이지 않는 하늘 높이 올라가려고 스스로 몸을 가둘 것까지 없습니다.
세상은 너무나 넓고 넓으니까요.

마치며

　제가 쓴 글들을 모아서 많은 사람이 볼 수 있도록 책으로 출간하여 공개하는 것은 큰 용기가 필요합니다. 특히 일상 속을 살아가면서 느낀 점을 쓴 저의 글들이 적은 경험과 짧은 지식, 얕은 생각에서 기인한 글일 수 있기에 더욱 조심스럽기도 합니다. 다행히 저는 블로그, 인스타그램, 밴드 등을 통해 많은 분과 소통하며 어느 정도의 공감을 받기도 하였기에 큰 걱정은 내려놓을까 합니다.

　이 책을 시작하며 내 삶과 내 마음을 글로 표현하다 보면 복잡한 생각들이 정리되고 마음의 평정을 찾을 수 있다고 말씀드렸습니다. 아울러 글쓰기는 어려운 것이 아니고 누구나 쉽게 쓸 수 있다는 것도 말씀드리고 싶습니다. 저는 그것을 시필(詩筆)이라고 명명하였지만, 그것을 무엇으로 부르든 무슨 의미가 있을까요? 다만, 내가 알고 있는 단어를 이용하여 나의 진심을 글로 표현한다면 그것이 세상에서 가장 훌륭한 글이라고 생각할 따름입니다.

　여러모로 부족한 저의 시필을 끝까지 읽어주신 독자분께 감사드리며 평범한 저의 글쓰기와 두 번째 책 출간이 많은 분께 용기를 주어 글쓰기를 통한 마음돌봄과 책 출간에도 쉽게 도전할 수 있게 되기를 기대합니다. 고맙습니다.

이현규

기획편집후기

　　2023년 어느 날 이 책의 글을 읽었습니다. 머릿속에 스친 생각은 '꼰대라고 할 텐데...'였습니다. 그리고 "이 책의 제목을 「꼰대라서 미안합니다」라고 지으면 어떨까요"라고 말했습니다. 기분이 나쁠 수 있었을 텐데요. "맞다" 하시면서 저의 의견에 동의해 주셨습니다.

　　그 순간 이런 꼰대라면 이 시대에 있어야 할 꼰대가 아닌가 하는 생각이 들었습니다. 꼰대는 주로 기성세대를 지칭하는데, 젊은 꼰대도 있다고 합니다. 이런 말이 왜 생겼을까 생각해 보았습니다.

　　세대는 변하지만, 변하지 않는 가치가 있기 때문이지 않을까요?

　　스마트폰을 이용해 언제 어디서나 손쉽게 정보 검색이 가능하고, 기성세대보다 더 똑똑한 새로운 세대들에게 정보가 아닌 마음을 깨우치는 꼰대의 가르침이 필요하지 않을까요?

　　그렇다면 그 가르침이 되는 꼰대는 누가 되어야 하나도 생각해 보았습니다. 누구나 아는 유명인, 존경받는 인물 또는 연륜 있는 꼰대도 좋지만, 이런 조건과 상관없는 일상을 느끼고, 생각하고, 나누는 그런 사람이라면 누구든 되지 않을까 생각해 보았습니다.

　　그런 의미에서 이 책의 작가는 자신의 일상과 생각을 자기 성찰과 함께 지하철 출퇴근길에 수려한 문장은 아니더라도 묵묵히 써 내려갔습니다. 그 진실한 마음이 쳇바퀴 돌듯 살아가는 직장인의 하루하루를 버티게 하고 희망을 품을 수 있게 하지 않았나 싶습니다.

　　글쓰기의 힘을 믿으며 이미 한 권의 책을 출간하고, 또 한 권의 책을 출간하면서 '시필(詩筆)'이라는 문학 장르를 독창적으로 만들어 쉬운 글쓰기 방법을 제시하고 싶다는 작가의 꿈을 함께 응원하고 싶습니다.

지식공유 Bud

이현규입니다. 출퇴근길에 씁니다.

발행일 ㅣ 2023년 10월 30일

지은이 ㅣ 이현규
발행인 ㅣ 김미영
발행처 ㅣ 지식공유
기획진행 ㅣ 김미영
디자인 ㅣ 아티오출판사, 김지영

출판등록 ㅣ 2017년 4월 25일
임프린트 ㅣ 지식공유 Bud
주소 ㅣ 서울특별시 마포구 만리재로 14. 2201(공덕동)
팩스 ㅣ 0504-477-9791
이메일 ㅣ ksharing@naver.com
홈페이지 ㅣ www.ksharing.co.kr

ISBN 979-11-91407-25-9(03800)